La importancia de llamarse Ernesto
The Importance of Being Earnest

Oscar Wilde

The Importance of Being Earnest:
A Trivial Comedy for Serious People

La importancia de llamarse Ernesto:
Una comedia trivial para gente seria

Texto paralelo bilingüe
Bilingual edition

Ingles - Español
English - Spanish

texto en español, traducido del inglés por Guillermo Tirelli

ROSETTA EDU

Título original: *The Importance of Being Earnest*

Primera publicación: 1895

Primera edición: Diciembre 2024

Publicado por Rosetta Edu
Londres, Diciembre 2024
www.rosettaedu.com

ISBN: 978-1-83647-063-2

Páginas enfrentadas

Páginas enfrentadas de la traducción y texto original en libros impresos.

Párrafos alineados en libros impresos

En libros impresos, los párrafos alineados entre los dos idiomas facilitan la comparación y la comprensión, ahorrando la necesidad de referirse constantemente al diccionario.

Párrafos enlazados en libros electrónicos

En libros electrónicos la comparación y la comprensión son facilitadas por citas al pie colocadas al principio de cada párrafo enlazando el texto en el idioma original y su traducción.

Integridad y fidelidad

Traducciones íntegras, fieles y no abreviadas del texto original.

Cuidado del vocabulario

Traducciones especiales para ediciones bilingües, con especial cuidado por la hegemonía de vocabulario utilizando glosarios en el proceso de traducción.

Contexto educativo

Ediciones enfocadas a estudiantes intermedios y avanzados del idioma original del texto en libros coleccionables y aptos para el contexto educativo.

INDICE

THE IMPORTANCE OF BEING EARNEST
A Trivial Comedy for Serious People

THE PERSONS IN THE PLAY

JOHN WORTHING, J.P.
ALGERNON MONCRIEFF
REV. CANON CHASUBLE, D.D.
MERRIMAN, Butler
LANE, Manservant
LADY AUGUSTA BRACKNELL
HON. GWENDOLEN FAIRFAX
CECILY CARDEW
MISS PRISM, Governess

TIME: The Present.

LA IMPORTANCIA DE LLAMARSE ERNESTO[1]
Una comedia trivial para gente seria

PERSONAJES

JOHN WORTHING, J.P.
ALGERNON MONCRIEFF
REV. CANON CHASUBLE, D.D.
MERRIMAN, mayordomo
LANE, sirviente
LADY AUGUSTA BRACKNELL
HON. GWENDOLEN FAIRFAX
CECILY CARDEW
MISS PRISM, institutriz

ÉPOCA: El tiempo presente.

---

1 Su traducción literal sería *La importancia de ser serio*. El título en inglés tiene un doble sentido que se pierde en la traducción, ya que el nombre «Ernest» y la palabra «earnest» (serio) son homófonos.

Act I

Scene. Morning-room in Algernon's flat in Half-Moon Street. The room is luxuriously and artistically furnished. The sound of a piano is heard in the adjoining room.

[**Lane** is arranging afternoon tea on the table, and after the music has ceased, Algernon enters.]

Algernon. Did you hear what I was playing, Lane?

Lane. I didn't think it polite to listen, sir.

Algernon. I'm sorry for that, for your sake. I don't play accurately—any one can play accurately—but I play with wonderful expression. As far as the piano is concerned, sentiment is my forte. I keep science for Life.

Lane. Yes, sir.

Algernon. And, speaking of the science of Life, have you got the cucumber sandwiches cut for Lady Bracknell?

Lane. Yes, sir. [Hands them on a salver.]

Algernon. [Inspects them, takes two, and sits down on the sofa.] Oh! ... by the way, Lane, I see from your book that on Thursday night, when Lord Shoreman and Mr. Worthing were dining with me, eight bottles of champagne are entered as having been consumed.

Lane. Yes, sir; eight bottles and a pint.

Algernon. Why is it that at a bachelor's establishment the servants invariably drink the champagne? I ask merely for information.

Lane. I attribute it to the superior quality of the wine, sir. I have often observed that in married households the champagne is rarely of a first-rate brand.

Acto I

Escena. Habitación matinal en el piso de Algernon en Half-Moon Street. La habitación es lujosa y está artísticamente amueblada. Se oye el sonido de un piano en la habitación contigua.

[**Lane** está preparando el té de la tarde en la mesa y, tras el cese de la música, entra Algernon].

Algernon. ¿Ha oído lo que tocaba, Lane?

Lane. No me pareció educado escucharle, señor.

Algernon. Lo siento por eso, por su bien. No toco con precisión —cualquiera puede tocar con precisión— pero toco con una expresión maravillosa. En lo que respecta al piano, el sentimiento es mi fuerte. Guardo la ciencia para la Vida.

Lane. Sí, señor.

Algernon. Y, hablando de la ciencia de la Vida, ¿ha cortado los bocadillos de pepino para Lady Bracknell?

Lane. Sí, señor. [Los entrega en una bandeja].

Algernon. [Los inspecciona, toma dos y se sienta en el sofá]. ¡Oh...! por cierto, Lane, veo en su cuaderno que el jueves por la noche, cuando Lord Shoreman y Mr. Worthing cenaron conmigo, fueron anotadas ocho botellas de champán como consumidas.

Lane. Sí, señor; ocho botellas y una pinta.

Algernon. ¿Por qué en un establecimiento de solteros los criados beben invariablemente el champán? Se lo pregunto simplemente para informarme.

Lane. Lo atribuyo a la calidad superior del vino, señor. He observado a menudo que en los hogares de casados el champán rara vez es de primera calidad.

ALGERNON. Good heavens! Is marriage so demoralising as that?

LANE. I believe it *is* a very pleasant state, sir. I have had very little experience of it myself up to the present. I have only been married once. That was in consequence of a misunderstanding between myself and a young person.

ALGERNON. [Languidly.] I don't know that I am much interested in your family life, Lane.

LANE. No, sir; it is not a very interesting subject. I never think of it myself.

ALGERNON. Very natural, I am sure. That will do, Lane, thank you.

LANE. Thank you, sir. [Lane goes out.]

ALGERNON. Lane's views on marriage seem somewhat lax. Really, if the lower orders don't set us a good example, what on earth is the use of them? They seem, as a class, to have absolutely no sense of moral responsibility.

[Enter Lane.]

LANE. Mr. Ernest Worthing.

[Enter Jack.]

[Lane goes out.]

ALGERNON. How are you, my dear Ernest? What brings you up to town?

JACK. Oh, pleasure, pleasure! What else should bring one anywhere? Eating as usual, I see, Algy!

ALGERNON. [Stiffly.] I believe it is customary in good society to take some slight refreshment at five o'clock. Where have you been since last Thursday?

JACK. [Sitting down on the sofa.] In the country.

ALGERNON. ¡Santo cielo! ¿Es el matrimonio tan desmoralizador como eso?

LANE. Creo que *es* un estado muy agradable, señor. Yo misma he tenido muy poca experiencia de ello hasta ahora. Sólo me he casado una vez. Eso fue a consecuencia de un malentendido entre una joven y yo.

ALGERNON. [Lánguicamente]. No sé si me interesa mucho su vida familiar, Lane.

LANE. No, señor; no es un tema muy interesante. Yo misma nunca pienso en ello.

ALGERNON. Naturalmente, estoy seguro. Eso bastará, Lane, gracias.

LANE. Gracias, señor. [Sale Lane].

ALGERNON. Las opiniones de Lane sobre el matrimonio parecen algo laxas. Realmente, si los que están abajo no nos dan un buen ejemplo, ¿para qué nos sirven? Parecen, como clase, carecer por completo de sentido de la responsabilidad moral.

[Entra Lane].

LANE. Mr. Ernest Worthing.

[Entra Jack.]

[Sale Lane.]

ALGERNON. ¿Cómo estás, mi querido Ernest? ¿Qué te trae por la ciudad?

JACK. ¡Oh, placer, placer! ¿Qué otra cosa podría llevarle a uno a cualquier parte? ¡Comiendo, como siempre, ya veo, Algy!

ALGERNON. [Fríamente]. Creo que es costumbre, en la buena sociedad, tomar algún ligero refrigerio a las cinco de la tarde. ¿Dónde has estado desde el jueves pasado?

JACK. [Sentándose en el sofá]. En el campo.

ALGERNON. What on earth do you do there?

JACK. [Pulling off his gloves.] When one is in town one amuses oneself. When one is in the country one amuses other people. It is excessively boring.

ALGERNON. And who are the people you amuse?

JACK. [Airily.] Oh, neighbours, neighbours.

ALGERNON. Got nice neighbours in your part of Shropshire?

JACK. Perfectly horrid! Never speak to one of them.

ALGERNON. How immensely you must amuse them! [Goes over and takes sandwich.] By the way, Shropshire is your county, is it not?

JACK. Eh? Shropshire? Yes, of course. Hallo! Why all these cups? Why cucumber sandwiches? Why such reckless extravagance in one so young? Who is coming to tea?

ALGERNON. Oh! merely Aunt Augusta and Gwendolen.

JACK. How perfectly delightful!

ALGERNON. Yes, that is all very well; but I am afraid Aunt Augusta won't quite approve of your being here.

JACK. May I ask why?

ALGERNON. My dear fellow, the way you flirt with Gwendolen is perfectly disgraceful. It is almost as bad as the way Gwendolen flirts with you.

JACK. I am in love with Gwendolen. I have come up to town expressly to propose to her.

ALGERNON. I thought you had come up for pleasure? ... I call that business.

Algernon. ¿Qué demonios haces allí?

Jack. [Quitándose los guantes]. Cuando uno está en la ciudad uno se divierte. Cuando uno está en el campo uno divierte a los demás. Es excesivamente aburrido.

Algernon. ¿Y quiénes son las personas a las que tú diviertes?

Jack. [Con displicencia]. Oh, los vecinos, los vecinos.

Algernon. ¿Tienes buenos vecinos en tu parte de Shropshire?

Jack. ¡Perfectamente horrible! Nunca hablé con uno de ellos.

Algernon. ¡Cuán inmensamente debes divertirlos! [Se acerca y toma un sándwich]. Por cierto, Shropshire es tu condado, ¿no?

Jack. ¿Eh? ¿Shropshire? Sí, por supuesto. ¡Vaya! ¿Por qué todas estas tazas? ¿Por qué sándwiches de pepino? ¿Por qué una extravagancia tan imprudente en alguien tan joven? ¿Quién viene a tomar el té?

Algernon. ¡Oh! simplemente la tía Augusta y Gwendolen.

Jack. ¡Qué delicia!

Algernon. Sí, eso está muy bien; pero me temo que la tía Augusta no aprobará del todo que estés aquí.

Jack. ¿Puedo preguntarte por qué?

Algernon. Mi querido amigo, la forma en que coqueteas con Gwendolen es perfectamente vergonzosa. Es casi tan mala como la forma en que Gwendolen coquetea contigo.

Jack. Estoy enamorado de Gwendolen. He venido a la ciudad expresamente para proponerle matrimonio.

Algernon. Creía que habías venido por placer... Yo llamo a eso negocios.

JACK. How utterly unromantic you are!

ALGERNON. I really don't see anything romantic in proposing. It is very romantic to be in love. But there is nothing romantic about a definite proposal. Why, one may be accepted. One usually is, I believe. Then the excitement is all over. The very essence of romance is uncertainty. If ever I get married, I'll certainly try to forget the fact.

JACK. I have no doubt about that, dear Algy. The Divorce Court was specially invented for people whose memories are so curiously constituted.

ALGERNON. Oh! there is no use speculating on that subject. Divorces are made in Heaven—[**Jack** puts out his hand to take a sandwich. **Algernon** at once interferes.] Please don't touch the cucumber sandwiches. They are ordered specially for Aunt Augusta. [Takes one and eats it.]

JACK. Well, you have been eating them all the time.

ALGERNON. That is quite a different matter. She is my aunt. [Takes plate from below.] Have some bread and butter. The bread and butter is for Gwendolen. Gwendolen is devoted to bread and butter.

JACK. [Advancing to table and helping himself.] And very good bread and butter it is too.

ALGERNON. Well, my dear fellow, you need not eat as if you were going to eat it all. You behave as if you were married to her already. You are not married to her already, and I don't think you ever will be.

JACK. Why on earth do you say that?

ALGERNON. Well, in the first place girls never marry the men they flirt with. Girls don't think it right.

JACK. Oh, that is nonsense!

ALGERNON. It isn't. It is a great truth. It accounts for the extraordinary

Jack. ¡Qué poco romántico eres!

Algernon. Realmente no veo nada romántico en proponer casamiento. Es muy romántico estar enamorado. Pero no hay nada romántico en una proposición definitiva. Porque, uno puede ser aceptado. Una suele serlo, creo. Entonces se acaba la emoción. La esencia misma del romanticismo es la incertidumbre. Si alguna vez me caso, desde luego intentaré olvidar el hecho.

Jack. No tengo ninguna duda al respecto, querido Algy. El Tribunal de Divorcios se inventó especialmente para la gente cuyos recuerdos están tan curiosamente constituidos.

Algernon. ¡Oh! es inútil especular sobre ese tema. Los divorcios se hacen en el Cielo... [**Jack** extiende la mano para coger un sándwich. **Algernon** interfiere de inmediato] Por favor, no toques los sándwiches de pepino. Están pedidos especialmente para la tía Augusta. [Toma uno y se lo come].

Jack. Bueno, tú los has estado comiendo todo el tiempo.

Algernon. Ese es un asunto muy diferente. Es mi tía. [Coge el plato de abajo]. Toma un poco de pan y mantequilla. El pan y la mantequilla son para Gwendolen. Gwendolen es devota del pan y la mantequilla.

Jack. [Avanza hacia la mesa y se sirve]. Y muy buen pan y mantequilla también es.

Algernon. Bueno, mi querido amigo, no hace falta que comas como si fueras a comértelo todo. Te comportas como si ya estuvieras casado con ella. Todavía no estás casado con ella y no creo que lo estés nunca.

Jack. ¿Por qué demonios dices eso?

Algernon. Bueno, en primer lugar las muchachas nunca se casan con los hombres con los que flirtean. A las muchachas no les parece bien.

Jack. ¡Oh, eso es una tontería!

Algernon. No lo es. Es una gran verdad. Explica el extraordinario núme-

number of bachelors that one sees all over the place. In the second place, I don't give my consent.

JACK. Your consent!

ALGERNON. My dear fellow, Gwendolen is my first cousin. And before I allow you to marry her, you will have to clear up the whole question of Cecily. [Rings bell.]

JACK. Cecily! What on earth do you mean? What do you mean, Algy, by Cecily! I don't know any one of the name of Cecily.

[Enter **Lane**.]

ALGERNON. Bring me that cigarette case Mr. Worthing left in the smoking-room the last time he dined here.

LANE. Yes, sir. [**Lane** goes out.]

JACK. Do you mean to say you have had my cigarette case all this time? I wish to goodness you had let me know. I have been writing frantic letters to Scotland Yard about it. I was very nearly offering a large reward.

ALGERNON. Well, I wish you would offer one. I happen to be more than usually hard up.

JACK. There is no good offering a large reward now that the thing is found.

[Enter **Lane** with the cigarette case on a salver. **Algernon** takes it at once. **Lane** goes out.]

ALGERNON. I think that is rather mean of you, Ernest, I must say. [Opens case and examines it.] However, it makes no matter, for, now that I look at the inscription inside, I find that the thing isn't yours after all.

JACK. Of course it's mine. [Moving to him.] You have seen me with it a hundred times, and you have no right whatsoever to read what

ro de solteros que se ven por todas partes. En segundo lugar, no doy mi consentimiento.

Jack. ¡Tu consentimiento!

Algernon. Mi querido amigo, Gwendolen es mi prima hermana. Y antes de que te permita casarte con ella, tendrás que aclarar todo el asunto de Cecily. [Suena la campanilla].

Jack. ¡Cecily! ¿Qué demonios quieres decir? ¡Qué quieres decir, Algy, con Cecily! No conozco a nadie con el nombre de Cecily.

[Entra **Lane**].

Algernon. Tráeme la pitillera que Mr. Worthing dejó en la sala de fumadores la última vez que cenó aquí.

Lane. Sí, señor. [**Lane** sale].

Jack. ¿Quieres decir que has tenido mi pitillera todo este tiempo? Ojalá me lo hubieras hecho saber. He estado escribiendo cartas frenéticas a Scotland Yard sobre ello. Estuve a punto de ofrecer una gran recompensa.

Algernon. Me gustaría que me ofrecieras una. Da la casualidad de que me cuesta más de lo normal.

Jack. No sirve de nada ofrecer una gran recompensa ahora que se ha encontrado.

[Entra **Lane** con la pitillera en una bandeja. **Algernon** la coge enseguida. **Lane sale**].

Algernon. Creo que es bastante mezquino de tu parte, Ernest, debo decir. [Abre el estuche y lo examina]. Sin embargo, no importa, pues, ahora que miro la inscripción del interior, descubro que, después de todo, la cosa no es tuya.

Jack. Por supuesto que es mía. [Acercándose a él]. Me has visto con ella cientos de veces, y no tienes ningún derecho a leer lo que hay escrito

is written inside. It is a very ungentlemanly thing to read a private cigarette case.

ALGERNON. Oh! it is absurd to have a hard and fast rule about what one should read and what one shouldn't. More than half of modern culture depends on what one shouldn't read.

JACK. I am quite aware of the fact, and I don't propose to discuss modern culture. It isn't the sort of thing one should talk of in private. I simply want my cigarette case back.

ALGERNON. Yes; but this isn't your cigarette case. This cigarette case is a present from some one of the name of Cecily, and you said you didn't know any one of that name.

JACK. Well, if you want to know, Cecily happens to be my aunt.

ALGERNON. Your aunt!

JACK. Yes. Charming old lady she is, too. Lives at Tunbridge Wells. Just give it back to me, Algy.

ALGERNON. [Retreating to back of sofa.] But why does she call herself little Cecily if she is your aunt and lives at Tunbridge Wells? [Reading.] 'From little Cecily with her fondest love.'

JACK. [Moving to sofa and kneeling upon it.] My dear fellow, what on earth is there in that? Some aunts are tall, some aunts are not tall. That is a matter that surely an aunt may be allowed to decide for herself. You seem to think that every aunt should be exactly like your aunt! That is absurd! For Heaven's sake give me back my cigarette case. [Follows **Algernon** round the room.]

ALGERNON. Yes. But why does your aunt call you her uncle? 'From little Cecily, with her fondest love to her dear Uncle Jack.' There is no objection, I admit, to an aunt being a small aunt, but why an aunt, no matter what her size may be, should call her own nephew her uncle, I can't quite make out. Besides, your name isn't Jack at all; it is Ernest.

dentro. Es muy poco caballeroso leer una pitillera privada.

ALGERNON. Es absurdo tener una regla dura y rápida sobre lo que uno debe leer y lo que no. Más de la mitad de la cultura moderna depende de lo que uno no debe leer.

JACK. Soy muy consciente del hecho, y no me propongo discutir sobre la cultura moderna. No es el tipo de cosas de las que se debe hablar en privado. Simplemente quiero que me devuelvan mi pitillera.

ALGERNON. Sí; pero ésta no es tu pitillera. Esta pitillera es un regalo de alguien que se llama Cecily, y tú dijiste que no conocías a nadie con ese nombre.

JACK. Bueno, si quieres saberlo, resulta que Cecily es mi tía.

ALGERNON. ¡Tu tía!

JACK. Sí. También es una señora mayor encantadora. Vive en Tunbridge Wells. Devuélvemela, Algy.

ALGERNON. [Retirándose al respaldo del sofá]. ¿Pero por qué se hace llamar pequeña Cecily si es tu tía y vive en Tunbridge Wells? [Leyendo]. «De la pequeña Cecily con su más cariñoso amor».

JACK. [Se acerca al sofá y se arrodilla en él]. Mi querido amigo, ¿qué demonios importa eso? Algunas tías son altas, otras no. Esa es una cuestión que seguramente se le puede permitir a una tía decidir por sí misma. ¡Pareces pensar que todas las tías deben ser exactamente como tu tía! ¡Eso es absurdo! Por el amor de Dios, devuélveme mi pitillera. [Sigue a **Algernon** por la habitación].

ALGERNON. Sí. Pero, ¿por qué tu tía te llama su tío? «De la pequeña Cecily, con su más cariñoso amor para su querido tío Jack». No hay nada que objetar, lo admito, a que una tía sea una tía pequeña, pero por qué una tía, sea cual sea su tamaño, debería llamar tío a su propio sobrino, no acabo de entenderlo. Además, tu nombre no es Jack en absoluto; es Ernest.

JACK. It isn't Ernest; it's Jack.

ALGERNON. You have always told me it was Ernest. I have introduced you to every one as Ernest. You answer to the name of Ernest. You look as if your name was Ernest. You are the most earnest-looking person I ever saw in my life. It is perfectly absurd your saying that your name isn't Ernest. It's on your cards. Here is one of them. [Taking it from case.] 'Mr. Ernest Worthing, B. 4, The Albany.' I'll keep this as a proof that your name is Ernest if ever you attempt to deny it to me, or to Gwendolen, or to any one else. [Puts the card in his pocket.]

JACK. Well, my name is Ernest in town and Jack in the country, and the cigarette case was given to me in the country.

ALGERNON. Yes, but that does not account for the fact that your small Aunt Cecily, who lives at Tunbridge Wells, calls you her dear uncle. Come, old boy, you had much better have the thing out at once.

JACK. My dear Algy, you talk exactly as if you were a dentist. It is very vulgar to talk like a dentist when one isn't a dentist. It produces a false impression.

ALGERNON. Well, that is exactly what dentists always do. Now, go on! Tell me the whole thing. I may mention that I have always suspected you of being a confirmed and secret Bunburyist; and I am quite sure of it now.

JACK. Bunburyist? What on earth do you mean by a Bunburyist?

ALGERNON. I'll reveal to you the meaning of that incomparable expression as soon as you are kind enough to inform me why you are Ernest in town and Jack in the country.

JACK. Well, produce my cigarette case first.

ALGERNON. Here it is. [Hands cigarette case.] Now produce your explanation, and pray make it improbable. [Sits on sofa.]

JACK. My dear fellow, there is nothing improbable about my explana-

Jack. No es Ernest; es Jack.

Algernon. Siempre me has dicho que era Ernest. Te he presentado a todo el mundo como Ernest. Respondes al nombre de Ernest. Tienes el aspecto de llamarte Ernest. Eres la persona de aspecto más serio que he visto en mi vida. Es perfectamente absurdo que digas que no te llamas Ernest. Está en tus tarjetas. Aquí está una de ellas. [Tomándola del estuche]. «Mr. Ernest Worthing, B. 4, The Albany». Guardaré esto como prueba de que tu nombre es Ernest si alguna vez intentas negármelo a mí, o a Gwendolen, o a cualquier otra persona. [Guarda la tarjeta en su bolsillo].

Jack. Bueno, me llamo Ernest en la ciudad y Jack en el campo, y la pitillera me la dieron en el campo.

Algernon. Sí, pero eso no explica el hecho de que tu pequeña tía Cecily, que vive en Tunbridge Wells, te llame su querido tío. Vamos, viejo amigo, será mejor que lo aclares de una vez.

Jack. Mi querido Algy, hablas exactamente como si fueras dentista. Es muy vulgar hablar como un dentista cuando uno no lo es. Produce una falsa impresión.

Algernon. Pues eso es exactamente lo que hacen siempre los dentistas. Ahora bien, ¡adelante! Cuéntamelo todo. Debo mencionar que siempre he sospechado que tú eres un Bunburyista confirmado y secreto; y ahora estoy completamente seguro de ello.

Jack. ¿Bunburyista? ¿Qué demonios quieres decir con un Bunburyista?

Algernon. Te revelaré el significado de esa incomparable expresión en cuanto tengas la amabilidad de informarme por qué tú eres Ernest en la ciudad y Jack en el campo.

Jack. Bueno, muestra mi pitillera primero.

Algernon. Aquí está. [Entrega la pitillera]. Ahora presenta tu explicación, y ruego que sea improbable. [Se sienta en el sofá].

Jack. Mi querido amigo, mi explicación no tiene nada de improbable. De

tion at all. In fact it's perfectly ordinary. Old Mr. Thomas Cardew, who adopted me when I was a little boy, made me in his will guardian to his grand-daughter, Miss Cecily Cardew. Cecily, who addresses me as her uncle from motives of respect that you could not possibly appreciate, lives at my place in the country under the charge of her admirable governess, Miss Prism.

ALGERNON. Where is that place in the country, by the way?

JACK. That is nothing to you, dear boy. You are not going to be invited... I may tell you candidly that the place is not in Shropshire.

ALGERNON. I suspected that, my dear fellow! I have Bunburyed all over Shropshire on two separate occasions. Now, go on. Why are you Ernest in town and Jack in the country?

JACK. My dear Algy, I don't know whether you will be able to understand my real motives. You are hardly serious enough. When one is placed in the position of guardian, one has to adopt a very high moral tone on all subjects. It's one's duty to do so. And as a high moral tone can hardly be said to conduce very much to either one's health or one's happiness, in order to get up to town I have always pretended to have a younger brother of the name of Ernest, who lives in the Albany, and gets into the most dreadful scrapes. That, my dear Algy, is the whole truth pure and simple.

ALGERNON. The truth is rarely pure and never simple. Modern life would be very tedious if it were either, and modern literature a complete impossibility!

JACK. That wouldn't be at all a bad thing.

ALGERNON. Literary criticism is not your forte, my dear fellow. Don't try it. You should leave that to people who haven't been at a University. They do it so well in the daily papers. What you really are is a Bunburyist. I was quite right in saying you were a Bunburyist. You are one of the most advanced Bunburyists I know.

JACK. What on earth do you mean?

hecho es perfectamente ordinaria. El viejo Mr. Thomas Cardew, que me adoptó cuando era pequeño, me nombró en su testamento tutor de su nieta, Miss Cecily Cardew. Cecily, que se dirige a mí como su tío por motivos de respeto que tú no podrías apreciar, vive en mi casa de campo, a cargo de su admirable institutriz, Miss Prism.

ALGERNON. Por cierto, ¿dónde está ese lugar en el campo?

JACK. Eso no tiene nada que ver contigo, querido muchacho. No vas a ser invitado... Puedo decirte con franqueza que el lugar no está en Shropshire.

ALGERNON. ¡Lo sospechaba, mi querido amigo! He Bunburyado por todo Shropshire en dos ocasiones distintas. Ahora, continúa. ¿Por qué eres Ernest en la ciudad y Jack en el campo?

JACK. Mi querido Algy, no sé si serás capaz de entender mis verdaderos motivos. No son lo bastante serios. Cuando a uno le colocan en la posición de tutor, tiene que adoptar un tono moral muy alto en todos los temas. Es el deber de uno hacerlo. Y como no puede decirse que un tono moral alto contribuya mucho ni a la salud ni a la felicidad de uno, para ir a la ciudad siempre he fingido tener un hermano menor llamado Ernest, que vive en Albany y se mete en los líos más espantosos. Esa, mi querido Algy, es toda la verdad pura y simple.

ALGERNON. La verdad rara vez es pura y nunca es simple. La vida moderna sería muy tediosa si fuera cualquiera de las dos cosas, ¡y la literatura moderna una completa imposibilidad!

JACK. Eso no estaría nada mal.

ALGERNON. La crítica literaria no es tu fuerte, mi querido amigo. No lo intentes. Deberías dejársela a la gente que no ha ido a la Universidad. Lo hacen muy bien en los periódicos. Lo que realmente tú eres es un Bunburyista. Yo tenía mucha razón al decir que tú eras un Bunburyista. Tú eres uno de los Bunburyistas más avanzados que conozco.

JACK. ¿Qué demonios quieres decir?

ALGERNON. You have invented a very useful younger brother called Ernest, in order that you may be able to come up to town as often as you like. I have invented an invaluable permanent invalid called Bunbury, in order that I may be able to go down into the country whenever I choose. Bunbury is perfectly invaluable. If it wasn't for Bunbury's extraordinary bad health, for instance, I wouldn't be able to dine with you at Willis's to-night, for I have been really engaged to Aunt Augusta for more than a week.

JACK. I haven't asked you to dine with me anywhere to-night.

ALGERNON. I know. You are absurdly careless about sending out invitations. It is very foolish of you. Nothing annoys people so much as not receiving invitations.

JACK. You had much better dine with your Aunt Augusta.

ALGERNON. I haven't the smallest intention of doing anything of the kind. To begin with, I dined there on Monday, and once a week is quite enough to dine with one's own relations. In the second place, whenever I do dine there I am always treated as a member of the family, and sent down with either no woman at all, or two. In the third place, I know perfectly well whom she will place me next to, to-night. She will place me next Mary Farquhar, who always flirts with her own husband across the dinner-table. That is not very pleasant. Indeed, it is not even decent ... and that sort of thing is enormously on the increase. The amount of women in London who flirt with their own husbands is perfectly scandalous. It looks so bad. It is simply washing one's clean linen in public. Besides, now that I know you to be a confirmed Bunburyist I naturally want to talk to you about Bunburying. I want to tell you the rules.

JACK. I'm not a Bunburyist at all. If Gwendolen accepts me, I am going to kill my brother, indeed I think I'll kill him in any case. Cecily is a little too much interested in him. It is rather a bore. So I am going to get rid of Ernest. And I strongly advise you to do the same with Mr ... with your invalid friend who has the absurd name.

ALGERNON. Nothing will induce me to part with Bunbury, and if you

ALGERNON. Te has inventado un hermano menor muy útil llamado Ernest, para poder venir a la ciudad tan a menudo como quieras. Yo me he inventado un inválido permanente inestimable llamado Bunbury, para poder ir al campo siempre que quiera. Bunbury tiene un valor incalculable. Si no fuera por la extraordinaria mala salud de Bunbury, por ejemplo, yo no podría cenar contigo en Willis's esta noche, ya que tengo realmente un compromiso con la tía Augusta desde hace más de una semana.

JACK. No te he pedido que cenes conmigo en ningún sitio esta noche.

ALGERNON. Lo sé. Eres absurdamente descuidado a la hora de hacer invitaciones. Es muy tonto de tu parte. Nada molesta tanto a la gente como no recibir invitaciones.

JACK. Será mejor que cenes con tu tía Augusta.

ALGERNON. No tengo la menor intención de hacer nada por el estilo. Para empezar, cené allí el lunes, y una vez a la semana es suficiente para cenar con los parientes de uno. En segundo lugar, siempre que ceno allí me tratan como a un miembro más de la familia, y me hacen irme o bien sin ninguna mujer, o bien con dos. En tercer lugar, sé perfectamente junto a quién ella me colocará a la mesa esta noche. Me colocará junto a Mary Farquhar, que siempre flirtea con su marido al otro lado de la mesa. Eso no es muy agradable. De hecho, ni siquiera es decente... y ese tipo de cosas está aumentando enormemente. La cantidad de mujeres en Londres que coquetean con sus maridos es perfectamente escandalosa. Da muy mal aspecto. Es simplemente lavar los trapos limpios en público. Además, ahora que sé que tú eres un Bunburyista empedernido, naturalmente quiero hablarte del Bunburyismo. Quiero contarte las reglas.

JACK. No soy Bunburyista en absoluto. Si Gwendolen me acepta, voy a matar a mi hermano, de hecho creo que lo mataré en cualquier caso. Cecily está demasiado interesada en él. Es más bien un aburrimiento. Así que voy a deshacerme de Ernest. Y te aconsejo encarecidamente que hagas lo mismo con Mr. ... con tu amigo inválido que tiene un nombre absurdo.

ALGERNON. Nada me inducirá a separarme de Bunbury y, si alguna vez te

ever get married, which seems to me extremely problematic, you will be very glad to know Bunbury. A man who marries without knowing Bunbury has a very tedious time of it.

JACK. That is nonsense. If I marry a charming girl like Gwendolen, and she is the only girl I ever saw in my life that I would marry, I certainly won't want to know Bunbury.

ALGERNON. Then your wife will. You don't seem to realise, that in married life three is company and two is none.

JACK. [Sententiously.] That, my dear young friend, is the theory that the corrupt French Drama has been propounding for the last fifty years.

ALGERNON. Yes; and that the happy English home has proved in half the time.

JACK. For heaven's sake, don't try to be cynical. It's perfectly easy to be cynical.

ALGERNON. My dear fellow, it isn't easy to be anything nowadays. There's such a lot of beastly competition about. [The sound of an electric bell is heard.] Ah! that must be Aunt Augusta. Only relatives, or creditors, ever ring in that Wagnerian manner. Now, if I get her out of the way for ten minutes, so that you can have an opportunity for proposing to Gwendolen, may I dine with you to-night at Willis's?

JACK. I suppose so, if you want to.

ALGERNON. Yes, but you must be serious about it. I hate people who are not serious about meals. It is so shallow of them.

[Enter **Lane**.]

Lady Bracknell and Miss Fairfax.

[**Algernon** goes forward to meet them. Enter **Lady Bracknell** and **Gwendolen**.]

casas, lo que me parece extremadamente problemático, te alegrarás mucho de conocer a Bunbury. Un hombre que se casa sin conocer a Bunbury se aburre mucho.

Jack. Eso es una tontería. Si me caso con una muchacha encantadora como Gwendolen, y es la única muchacha con la que me casaría en mi vida, desde luego no querré conocer a Bunbury.

Algernon. Entonces lo hará tu esposa. No pareces darte cuenta de que en la vida conyugal tres son compañía y dos ninguna.

Jack. [Sentenciosamente]. Esa, mi querido y joven amigo, es la teoría que el corrupto Drama Francés ha estado proponiendo durante los últimos cincuenta años.

Algernon. Sí; y eso el feliz hogar inglés lo ha demostrado en la mitad de tiempo.

Jack. Por el amor de Dios, no intentes ser cínico. Es perfectamente fácil ser cínico.

Algernon. Mi querido amigo, no es fácil ser nada hoy en día. Hay tanta competencia bestial. [Se oye el sonido de un timbre eléctrico]. ¡Ah! Debe de ser la tía Augusta. Sólo los parientes, o los acreedores, llaman de esa manera tan wagneriana. Ahora, si la quito de en medio diez minutos, para que tengas la oportunidad de declararte a Gwendolen, ¿puedo cenar contigo esta noche en Willis's?

Jack. Supongo que sí, si quieres.

Algernon. Sí, pero debes tomártelo en serio. Odio a la gente que no se toma en serio las comidas. Es tan superficial de su parte.

[Entra **Lane**].

Lady Bracknell y Miss Fairfax.

[**Algernon** avanza a su encuentro. Entran **Lady Bracknell** y **Gwendolen**].

LADY BRACKNELL. Good afternoon, dear Algernon, I hope you are behaving very well.

ALGERNON. I'm feeling very well, Aunt Augusta.

LADY BRACKNELL. That's not quite the same thing. In fact the two things rarely go together. [Sees **Jack** and bows to him with icy coldness.]

ALGERNON. [To **Gwendolen**.] Dear me, you are smart!

GWENDOLEN. I am always smart! Am I not, Mr. Worthing?

JACK. You're quite perfect, Miss Fairfax.

GWENDOLEN. Oh! I hope I am not that. It would leave no room for developments, and I intend to develop in many directions. [**Gwendolen** and **Jack** sit down together in the corner.]

LADY BRACKNELL. I'm sorry if we are a little late, Algernon, but I was obliged to call on dear Lady Harbury. I hadn't been there since her poor husband's death. I never saw a woman so altered; she looks quite twenty years younger. And now I'll have a cup of tea, and one of those nice cucumber sandwiches you promised me.

ALGERNON. Certainly, Aunt Augusta. [Goes over to tea-table.]

LADY BRACKNELL. Won't you come and sit here, Gwendolen?

GWENDOLEN. Thanks, mamma, I'm quite comfortable where I am.

ALGERNON. [Picking up empty plate in horror.] Good heavens! Lane! Why are there no cucumber sandwiches? I ordered them specially.

LANE. [Gravely.] There were no cucumbers in the market this morning, sir. I went down twice.

ALGERNON. No cucumbers!

LANE. No, sir. Not even for ready money.

Lady Bracknell. Buenas tardes, querido Algernon, espero que te estés portando muy bien.

Algernon. Me encuentro muy bien, tía Augusta.

Lady Bracknell. No es exactamente lo mismo. De hecho las dos cosas raramente van juntas. [Ella ve a **Jack** y se inclina hacia él con gélida frialdad].

Algernon. [A **Gwendolen**]. ¡Caramba, qué lista estás!

Gwendolen. ¡Siempre soy lista! ¿No lo soy, Mr. Worthing?

Jack. Usted es perfecta, Miss Fairfax.

Gwendolen. ¡Oh! Espero no ser eso. No dejaría espacio para desarrollo, y tengo la intención de desarrollarme en muchas direcciones. [**Gwendolen** y **Jack** se sientan juntos en un rincón].

Lady Bracknell. Siento si llegamos un poco tarde, Algernon, pero me vi obligada a visitar a la querida Lady Harbury. No había estado allí desde la muerte de su pobre marido. Nunca vi a una mujer tan alterada; parece veinte años más joven. Y ahora tomaré una taza de té y uno de esos ricos sándwiches de pepino que me prometiste.

Algernon. Desde luego, tía Augusta. [Se acerca a la mesa del té].

Lady Bracknell. ¿No quieres venir a sentarte aquí, Gwendolen?

Gwendolen. Gracias, mamá, estoy muy a gusto donde estoy.

Algernon. [Recogiendo horrorizado el plato vacío]. ¡Santo cielo! ¡Lane! ¿Por qué no hay sándwiches de pepino? Los pedí especialmente.

Lane. [No había pepinos en el mercado esta mañana, señor. Fui dos veces.

Algernon. ¡Nada de pepinos!

Lane. No, señor. Ni siquiera por dinero en efectivo.

ALGERNON. That will do, Lane, thank you.

LANE. Thank you, sir. [Goes out.]

ALGERNON. I am greatly distressed, Aunt Augusta, about there being no cucumbers, not even for ready money.

LADY BRACKNELL. It really makes no matter, Algernon. I had some crumpets with Lady Harbury, who seems to me to be living entirely for pleasure now.

ALGERNON. I hear her hair has turned quite gold from grief.

LADY BRACKNELL. It certainly has changed its colour. From what cause I, of course, cannot say. [**Algernon** crosses and hands tea.] Thank you. I've quite a treat for you to-night, Algernon. I am going to send you down with Mary Farquhar. She is such a nice woman, and so attentive to her husband. It's delightful to watch them.

ALGERNON. I am afraid, Aunt Augusta, I shall have to give up the pleasure of dining with you to-night after all.

LADY BRACKNELL. [Frowning.] I hope not, Algernon. It would put my table completely out. Your uncle would have to dine upstairs. Fortunately he is accustomed to that.

ALGERNON. It is a great bore, and, I need hardly say, a terrible disappointment to me, but the fact is I have just had a telegram to say that my poor friend Bunbury is very ill again. [Exchanges glances with **Jack**.] They seem to think I should be with him.

LADY BRACKNELL. It is very strange. This Mr. Bunbury seems to suffer from curiously bad health.

ALGERNON. Yes; poor Bunbury is a dreadful invalid.

LADY BRACKNELL. Well, I must say, Algernon, that I think it is high time that Mr. Bunbury made up his mind whether he was going to live or to die. This shilly-shallying with the question is absurd. Nor do I in

ALGERNON. Eso bastará, Lane, gracias.

LANE. Gracias, señor. [Sale].

ALGERNON. Me angustia mucho, tía Augusta, que no haya pepinos, ni siquiera con dinero en efectivo.

LADY BRACKNELL. Realmente no importa, Algernon. Comí unos bollos con Lady Harbury, que me parece que ahora vive enteramente para el placer.

ALGERNON. He oído que su pelo se ha vuelto dorado por la pena.

LADY BRACKNELL. Ciertamente ha cambiado de color. Por qué causa, por supuesto, no puedo decirlo. [**Algernon** cruza y sirve el té]. Gracias. Tengo algo para ti esta noche, Algernon. Voy a sentarte junto a Mary Farquhar. Es una mujer tan agradable, y tan atenta con su marido. Es encantador verlos.

ALGERNON. Me temo, tía Augusta, que después de todo tendré que renunciar al placer de cenar con usted esta noche.

LADY BRACKNELL. [Frunciendo el ceño]. Espero que no, Algernon. Desequilibraría mi mesa completamente. Tu tío tendría que cenar arriba. Afortunadamente está acostumbrado a eso.

ALGERNON. Es una gran pena y, no necesito decirlo, una terrible decepción para mí, pero el hecho es que acabo de recibir un telegrama que dice que mi pobre amigo Bunbury está muy enfermo otra vez. [Intercambia miradas con **Jack**]. Parece que piensan que debería estar con él.

LADY BRACKNELL. Es muy extraño. Este Mr. Bunbury parece sufrir de una curiosa mala salud.

ALGERNON. Sí; el pobre Bunbury es un terrible inválido.

LADY BRACKNELL. Bueno, debo decir, Algernon, que creo que ya es hora de que Mr. Bunbury se decida si va a vivir o a morir. Este titubeo con la cuestión es absurdo. Tampoco apruebo en absoluto la simpatía

any way approve of the modern sympathy with invalids. I consider it morbid. Illness of any kind is hardly a thing to be encouraged in others. Health is the primary duty of life. I am always telling that to your poor uncle, but he never seems to take much notice ... as far as any improvement in his ailment goes. I should be much obliged if you would ask Mr. Bunbury, from me, to be kind enough not to have a relapse on Saturday, for I rely on you to arrange my music for me. It is my last reception, and one wants something that will encourage conversation, particularly at the end of the season when every one has practically said whatever they had to say, which, in most cases, was probably not much.

ALGERNON. I'll speak to Bunbury, Aunt Augusta, if he is still conscious, and I think I can promise you he'll be all right by Saturday. Of course the music is a great difficulty. You see, if one plays good music, people don't listen, and if one plays bad music people don't talk. But I'll run over the programme I've drawn out, if you will kindly come into the next room for a moment.

LADY BRACKNELL. Thank you, Algernon. It is very thoughtful of you. [Rising, and following **Algernon**.] I'm sure the programme will be delightful, after a few expurgations. French songs I cannot possibly allow. People always seem to think that they are improper, and either look shocked, which is vulgar, or laugh, which is worse. But German sounds a thoroughly respectable language, and indeed, I believe is so. Gwendolen, you will accompany me.

GWENDOLEN. Certainly, mamma.

[**Lady Bracknell** and **Algernon** go into the music-room, **Gwendolen** remains behind.]

JACK. Charming day it has been, Miss Fairfax.

GWENDOLEN. Pray don't talk to me about the weather, Mr. Worthing. Whenever people talk to me about the weather, I always feel quite certain that they mean something else. And that makes me so nervous.

JACK. I do mean something else.

moderna por los inválidos. La considero morbosa. La enfermedad de cualquier tipo no es algo que deba fomentarse en los demás. La salud es el deber primordial de la vida. Siempre se lo digo a tu pobre tío, pero nunca parece hacer mucho caso... en cuanto a cualquier mejora de su dolencia. Te estaría muy agradecida si le pidieras a Mr. Bunbury, de mi parte, que tenga la amabilidad de no tener una recaída el sábado, ya que confío en ti para que me arregles la música. Es mi última recepción y una quiere algo que anime la conversación, sobre todo al final de la temporada, cuando todo el mundo ha dicho prácticamente todo lo que tenía para decir, que, en la mayoría de los casos, probablemente no era mucho.

ALGERNON. Hablaré con Bunbury, tía Augusta, si aún está consciente, y creo que puedo prometerle que él estará bien para el sábado. Por supuesto que la música es una gran dificultad. Verá, si uno toca buena música, la gente no escucha, y si uno toca mala música la gente no habla. Pero le repasaré el programa que he elaborado, si tiene la amabilidad de pasar un momento a la habitación contigua.

LADY BRACKNELL. Gracias, Algernon. Es muy considerado por su parte. [Levantándose, y siguiendo a **Algernon**]. Estoy segura de que el programa será encantador, después de algunos expurgos. Las canciones francesas no puedo permitirlas. La gente siempre parece pensar que son impropias y o bien ponen cara de asombro, lo que es vulgar, o se ríen, lo que es peor. Pero el alemán parece un idioma totalmente respetable y, de hecho, creo que lo es. Gwendolen, me acompañarás.

GWENDOLEN. Desde luego, mamá.

[**Lady Bracknell** y **Algernon** entran en la sala de música, **Gwendolen** se queda atrás].

JACK. Ha sido un día encantador, Miss Fairfax.

GWENDOLEN. Le ruego que no me hable del tiempo, Mr. Worthing. Siempre que la gente me habla del tiempo, tengo la certeza de que se refieren a otra cosa. Y eso me pone muy nerviosa.

JACK. Me refiero a otra cosa.

GWENDOLEN. I thought so. In fact, I am never wrong.

JACK. And I would like to be allowed to take advantage of Lady Bracknell's temporary absence . . .

GWENDOLEN. I would certainly advise you to do so. Mamma has a way of coming back suddenly into a room that I have often had to speak to her about.

JACK. [Nervously.] Miss Fairfax, ever since I met you I have admired you more than any girl ... I have ever met since ... I met you.

GWENDOLEN. Yes, I am quite well aware of the fact. And I often wish that in public, at any rate, you had been more demonstrative. For me you have always had an irresistible fascination. Even before I met you I was far from indifferent to you. [**Jack** looks at her in amazement.] We live, as I hope you know, Mr Worthing, in an age of ideals. The fact is constantly mentioned in the more expensive monthly magazines, and has reached the provincial pulpits, I am told; and my ideal has always been to love some one of the name of Ernest. There is something in that name that inspires absolute confidence. The moment Algernon first mentioned to me that he had a friend called Ernest, I knew I was destined to love you.

JACK. You really love me, Gwendolen?

GWENDOLEN. Passionately!

JACK. Darling! You don't know how happy you've made me.

GWENDOLEN. My own Ernest!

JACK. But you don't really mean to say that you couldn't love me if my name wasn't Ernest?

GWENDOLEN. But your name is Ernest.

JACK. Yes, I know it is. But supposing it was something else? Do you mean to say you couldn't love me then?

Gwendolen. Eso pensaba yo. De hecho, nunca me equivoco.

Jack. Y me gustaría que se me permitiera aprovechar la ausencia temporal de Lady Bracknell...

Gwendolen. Sin duda le aconsejo que lo haga. Mamá tiene una forma de volver de repente a una habitación de la que a menudo he tenido que hablar con ella.

Jack. [Nerviosamente]. Miss Fairfax, desde que la conocí la he admirado más que a cualquier muchacha... que he conocido desde... que la he conocido.

Gwendolen. Sí, soy muy consciente del hecho. Y a menudo deseo que en público, al menos, hubiera sido más demostrativo. Para mí usted siempre ha ejercido una fascinación irresistible. Incluso antes de conocerle estaba lejos de ser indiferente a usted. [**Jack** la mira asombrado]. Vivimos, como espero que sepa, Mr. Worthing, en una época de ideales. El hecho se menciona constantemente en las revistas mensuales más caras, y ha llegado a los púlpitos provinciales, según me han dicho; y mi ideal siempre ha sido amar a alguien de nombre Ernest. Hay algo en ese nombre que inspira una confianza absoluta. En el momento en que Algernon me mencionó por primera vez que tenía un amigo llamado Ernest, supe que estaba destinada a amarle.

Jack. ¿De verdad me quieres, Gwendolen?

Gwendolen. ¡Pasionalmente!

Jack. ¡Cariño! No sabes lo feliz que me has hecho.

Gwendolen. ¡Mi propio Ernest!

Jack. ¿Pero, no querrás decir que no podrías quererme si no me llamara Ernesto?

Gwendolen. Pero tú te llamas Ernest.

Jack. Sí, ya lo sé. ¿Pero suponiendo que tuviera otro nombre? ¿Quieres decir que entonces no podrías amarme?

GWENDOLEN. [Glibly.] Ah! that is clearly a metaphysical speculation, and like most metaphysical speculations has very little reference at all to the actual facts of real life, as we know them.

JACK. Personally, darling, to speak quite candidly, I don't much care about the name of Ernest ... I don't think the name suits me at all.

GWENDOLEN. It suits you perfectly. It is a divine name. It has a music of its own. It produces vibrations.

JACK. Well, really, Gwendolen, I must say that I think there are lots of other much nicer names. I think Jack, for instance, a charming name.

GWENDOLEN. Jack? ... No, there is very little music in the name Jack, if any at all, indeed. It does not thrill. It produces absolutely no vibrations ... I have known several Jacks, and they all, without exception, were more than usually plain. Besides, Jack is a notorious domesticity for John! And I pity any woman who is married to a man called John. She would probably never be allowed to know the entrancing pleasure of a single moment's solitude. The only really safe name is Ernest.

JACK. Gwendolen, I must get christened at once—I mean we must get married at once. There is no time to be lost.

GWENDOLEN. Married, Mr. Worthing?

JACK. [Astounded.] Well ... surely. You know that I love you, and you led me to believe, Miss Fairfax, that you were not absolutely indifferent to me.

GWENDOLEN. I adore you. But you haven't proposed to me yet. Nothing has been said at all about marriage. The subject has not even been touched on.

JACK. Well ... may I propose to you now?

GWENDOLEN. [Con confianza]. ¡Ah! eso es claramente una especulación metafísica, y como la mayoría de las especulaciones metafísicas tiene muy poca referencia en absoluto a los hechos de la vida real, tal y como los conocemos.

JACK. Personalmente, querida, para hablar con franqueza, no me importa mucho el nombre Ernest... Creo que el nombre no me pega en absoluto.

GWENDOLEN. Le queda perfecto. Es un nombre divino. Tiene una música propia. Produce vibraciones.

JACK. Bueno, en realidad, Gwendolen, debo decir que creo que hay muchos otros nombres mucho más bonitos. Jack, por ejemplo, me parece un nombre encantador.

GWENDOLEN. ¿Jack? ... No, hay muy poca música en el nombre Jack, si es que hay alguna, de hecho. No emociona. No produce absolutamente ninguna vibración ... He conocido a varios Jacks, y todos ellos, sin excepción, eran más que habitualmente llanos. Además, ¡Jack es una notoria domesticidad para John! Y compadezco a cualquier mujer que esté casada con un hombre llamado John. Probablemente nunca se le permitiría conocer el fascinante placer de un solo momento de soledad. El único nombre realmente seguro es Ernest.

JACK. Gwendolen, debo bautizarme enseguida... quiero decir que debemos casarnos enseguida. No hay tiempo que perder.

GWENDOLEN. ¿Casarnos, Mr. Worthing?

JACK. [Asombrado]. Bueno... seguramente. Sabe que la quiero, y me hizo creer, Miss Fairfax, que yo no le era absolutamente indiferente.

GWENDOLEN. Yo le adoro. Pero aún no me ha propuesto matrimonio. No se ha dicho nada en absoluto sobre el matrimonio. Ni siquiera se ha tocado el tema.

JACK. Bueno... ¿puedo proponérselo ahora?

GWENDOLEN. I think it would be an admirable opportunity. And to spare you any possible disappointment, Mr. Worthing, I think it only fair to tell you quite frankly before-hand that I am fully determined to accept you.

JACK. Gwendolen!

GWENDOLEN. Yes, Mr. Worthing, what have you got to say to me?

JACK. You know what I have got to say to you.

GWENDOLEN. Yes, but you don't say it.

JACK. Gwendolen, will you marry me? [Goes on his knees.]

GWENDOLEN. Of course I will, darling. How long you have been about it! I am afraid you have had very little experience in how to propose.

JACK. My own one, I have never loved any one in the world but you.

GWENDOLEN. Yes, but men often propose for practice. I know my brother Gerald does. All my girl-friends tell me so. What wonderfully blue eyes you have, Ernest! They are quite, quite, blue. I hope you will always look at me just like that, especially when there are other people present. [Enter **Lady Bracknell**.]

LADY BRACKNELL. Mr. Worthing! Rise, sir, from this semi-recumbent posture. It is most indecorous.

GWENDOLEN. Mamma! [He tries to rise; she restrains him.] I must beg you to retire. This is no place for you. Besides, Mr. Worthing has not quite finished yet.

LADY BRACKNELL. Finished what, may I ask?

GWENDOLEN. I am engaged to Mr. Worthing, mamma. [They rise together.]

LADY BRACKNELL. Pardon me, you are not engaged to any one. When

GWENDOLEN. Creo que sería una oportunidad admirable. Y para evitarle cualquier posible decepción, Mr. Worthing, creo que es justo decirle francamente de antemano que estoy totalmente decidida a aceptarlo.

JACK. ¡Gwendolen!

GWENDOLEN. Sí, Mr. Worthing, ¿qué tiene para decirme?

JACK. Ya sabe lo que tengo para decirle.

GWENDOLEN. Sí, pero no lo dice.

JACK. Gwendolen, ¿se casaría conmigo? [Se pone de rodillas].

GWENDOLEN. Claro que lo haré, querido. ¡Cuánto tiempo llevas dándole vueltas! Me temo que has tenido muy poca experiencia en cómo declararte.

JACK. Sólo esta vez, nunca he amado a nadie en el mundo excepto a ti.

GWENDOLEN. Sí, pero los hombres a menudo se declaran para practicar. Sé que mi hermano Gerald lo hace. Todas mis amigas me lo dicen. ¡Qué ojos tan maravillosamente azules tienes, Ernest! Son muy, muy azules. Espero que siempre me mires así, especialmente cuando haya otras personas presentes. [Entra **Lady Bracknell**].

LADY BRACKNELL. ¡Mr. Worthing! Levántese, señor, de esta postura semiacostada. Es de lo más indecoroso.

GWENDOLEN. ¡Mamá! [Él intenta levantarse; ella le sujeta]. Debo rogarle que se retire. Este no es lugar para usted. Además, Mr. Worthing aún no ha terminado.

LADY BRACKNELL. ¿Acabado qué, si puede saberse?

GWENDOLEN. Estoy comprometida con Mr. Worthing, mamá. [Se levantan juntos].

LADY BRACKNELL. Perdóname, tú no estás comprometida con nadie. Cuan-

you do become engaged to some one, I, or your father, should his health permit him, will inform you of the fact. An engagement should come on a young girl as a surprise, pleasant or unpleasant, as the case may be. It is hardly a matter that she could be allowed to arrange for herself ... And now I have a few questions to put to you, Mr. Worthing. While I am making these inquiries, you, Gwendolen, will wait for me below in the carriage.

GWENDOLEN. [Reproachfully.] Mamma!

LADY BRACKNELL. In the carriage, Gwendolen! [**Gwendolen** goes to the door. She and **Jack** blow kisses to each other behind **Lady Bracknell's** back. **Lady Bracknell** looks vaguely about as if she could not understand what the noise was. Finally turns round.] Gwendolen, the carriage!

GWENDOLEN. Yes, mamma. [Goes out, looking back at **Jack**.]

LADY BRACKNELL. [Sitting down.] You can take a seat, Mr. Worthing.

[Looks in her pocket for note-book and pencil.]

JACK. Thank you, Lady Bracknell, I prefer standing.

LADY BRACKNELL. [Pencil and note-book in hand.] I feel bound to tell you that you are not down on my list of eligible young men, although I have the same list as the dear Duchess of Bolton has. We work together, in fact. However, I am quite ready to enter your name, should your answers be what a really affectionate mother requires. Do you smoke?

JACK. Well, yes, I must admit I smoke.

LADY BRACKNELL. I am glad to hear it. A man should always have an occupation of some kind. There are far too many idle men in London as it is. How old are you?

JACK. Twenty-nine.

LADY BRACKNELL. A very good age to be married at. I have always been

do te comprometas con alguien, yo, o tu padre, si su salud se lo permite, te informaremos del hecho. Un compromiso debe llegar a una joven como una sorpresa, agradable o desagradable, según el caso. Difícilmente es un asunto que se le pueda permitir arreglar por sí misma... Y ahora tengo algunas preguntas que hacerle, Mr. Worthing. Mientras hago estas averiguaciones, usted, Gwendolen, me esperará abajo en el carruaje.

Gwendolen. [Reprochándola]. ¡Mamá!

Lady Bracknell. ¡Al carruaje, Gwendolen! [**Gwendolen** va hacia la puerta. Ella y **Jack** se soplan besos a espaldas de **Lady Bracknell. Lady Bracknell** mira vagamente a su alrededor como si no entendiera qué es ese ruido. Finalmente se vuelve]. ¡Gwendolen, al carruaje!

Gwendolen. Sí, mamá. [Sale, mirando de nuevo a **Jack**].

Lady Bracknell. [Sentándose]. Puede tomar asiento, Mr. Worthing.

[Busca en su bolsillo un cuaderno y un lápiz].

Jack. Gracias, Lady Bracknell, prefiero estar de pie.

Lady Bracknell. [Lápiz y cuaderno en la mano]. Me siento obligada a decirle que usted no figura en mi lista de jóvenes elegibles, aunque tengo la misma lista que la querida Duquesa de Bolton. De hecho, trabajamos juntas. Sin embargo, estoy dispuesta a inscribir su nombre, si sus respuestas son las que requiere una madre realmente afectuosa. ¿Fuma usted?

Jack. Bueno, sí, debo admitir que fumo.

Lady Bracknell. Me alegra oírlo. Un hombre siempre debe tener una ocupación de algún tipo. Ya hay demasiados hombres ociosos en Londres. ¿Qué edad tiene usted?

Jack. Veintinueve.

Lady Bracknell. Una edad muy buena para casarse. Siempre he sido de

of opinion that a man who desires to get married should know either everything or nothing. Which do you know?

JACK. [After some hesitation.] I know nothing, Lady Bracknell.

LADY BRACKNELL. I am pleased to hear it. I do not approve of anything that tampers with natural ignorance. Ignorance is like a delicate exotic fruit; touch it and the bloom is gone. The whole theory of modern education is radically unsound. Fortunately in England, at any rate, education produces no effect whatsoever. If it did, it would prove a serious danger to the upper classes, and probably lead to acts of violence in Grosvenor Square. What is your income?

JACK. Between seven and eight thousand a year.

LADY BRACKNELL. [Makes a note in her book.] In land, or in investments?

JACK. In investments, chiefly.

LADY BRACKNELL. That is satisfactory. What between the duties expected of one during one's lifetime, and the duties exacted from one after one's death, land has ceased to be either a profit or a pleasure. It gives one position, and prevents one from keeping it up. That's all that can be said about land.

JACK. I have a country house with some land, of course, attached to it, about fifteen hundred acres, I believe; but I don't depend on that for my real income. In fact, as far as I can make out, the poachers are the only people who make anything out of it.

LADY BRACKNELL. A country house! How many bedrooms? Well, that point can be cleared up afterwards. You have a town house, I hope? A girl with a simple, unspoiled nature, like Gwendolen, could hardly be expected to reside in the country.

JACK. Well, I own a house in Belgrave Square, but it is let by the year to Lady Bloxham. Of course, I can get it back whenever I like, at six months' notice.

la opinión de que un hombre que desea casarse debe saberlo todo o nada. ¿Qué sabe usted?

Jack. [Tras algunas vacilaciones]. No sé nada, Lady Bracknell.

Lady Bracknell. Me complace oírlo. No apruebo nada que atente contra la ignorancia natural. La ignorancia es como una delicada fruta exótica; una la toca y se marchita. Toda la teoría de la educación moderna es radicalmente errónea. Afortunadamente en Inglaterra, en todo caso, la educación no produce efecto alguno. Si lo hiciera, supondría un grave peligro para las clases altas y probablemente provocaría actos de violencia en Grosvenor Square. ¿Cuáles son sus ingresos?

Jack. Entre siete y ocho mil libras al año.

Lady Bracknell. [Hace una anotación en su libro.] ¿En tierras o en inversiones?

Jack. En inversiones, principalmente.

Lady Bracknell. Eso es satisfactorio. Qué hay sino de los deberes que se esperan de una durante su vida, y los deberes que se le exigen a una después de su muerte, la tierra ya no es ni un beneficio ni un placer. Le da a una una posición, y le impide a una mantenerla. Eso es todo lo que puede decirse de la tierra.

Jack. Tengo una casa de campo con algunas tierras, por supuesto, anexas, unos mil quinientos acres, creo; pero no dependo de eso para mis ingresos reales. De hecho, por lo que sé, los cazadores furtivos son los únicos que ganan algo con ello.

Lady Bracknell. ¡Una casa de campo! ¿Cuántos dormitorios? Bueno, ese punto puede aclararse después. ¿Tiene una casa en la ciudad, espero? Difícilmente podría esperarse que una muchacha de naturaleza sencilla e intacta, como Gwendolen, residiera en el campo.

Jack. Bueno, poseo una casa en Belgrave Square, pero está alquilada hace años a Lady Bloxham. Por supuesto, puedo recuperarla cuando quiera, con seis meses de preaviso.

LADY BRACKNELL. Lady Bloxham? I don't know her.

JACK. Oh, she goes about very little. She is a lady considerably advanced in years.

LADY BRACKNELL. Ah, nowadays that is no guarantee of respectability of character. What number in Belgrave Square?

JACK. 149.

LADY BRACKNELL. [Shaking her head.] The unfashionable side. I thought there was something. However, that could easily be altered.

JACK. Do you mean the fashion, or the side?

LADY BRACKNELL. [Sternly.] Both, if necessary, I presume. What are your polities?

JACK. Well, I am afraid I really have none. I am a Liberal Unionist.

LADY BRACKNELL. Oh, they count as Tories. They dine with us. Or come in the evening, at any rate. Now to minor matters. Are your parents living?

JACK. I have lost both my parents.

LADY BRACKNELL. To lose one parent, Mr. Worthing, may be regarded as a misfortune; to lose both looks like carelessness. Who was your father? He was evidently a man of some wealth. Was he born in what the Radical papers call the purple of commerce, or did he rise from the ranks of the aristocracy?

JACK. I am afraid I really don't know. The fact is, Lady Bracknell, I said I had lost my parents. It would be nearer the truth to say that my parents seem to have lost me ... I don't actually know who I am by birth. I was ... well, I was found.

LADY BRACKNELL. Found!

Lady Bracknell. ¿Lady Bloxham? No la conozco.

Jack. Oh, ella sale muy poco. Es una dama considerablemente avanzada en años.

Lady Bracknell. Ah, hoy en día eso no es garantía de respetabilidad de carácter. ¿En qué número de Belgrave Square?

Jack. 149.

Lady Bracknell. [Sacudiendo la cabeza]. El lado pasado de moda. Pensé que había algo. Sin embargo, eso podría alterarse fácilmente.

Jack. ¿Se refiere a la moda o al lado?

Lady Bracknell. [Severamente]. Ambos, si es necesario, supongo. ¿Cuál es su inclinación política?

Jack. Me temo que realmente no tengo ninguna. Soy un Unionista Liberal.

Lady Bracknell. Oh, ellos cuentan como Tories. Cenan con nosotros. O vienen por la noche, en todo caso. Ahora a asuntos menores. ¿Viven sus padres?

Jack. He perdido a mis dos padres.

Lady Bracknell. Perder a uno de los padres, Mr. Worthing, puede considerarse una desgracia; perder a los dos parece un descuido. ¿Quién era su padre? Evidentemente era un hombre de cierta riqueza. ¿Nació en lo que los periódicos radicales llaman la púrpura del comercio, o ascendió de las filas de la aristocracia?

Jack. Me temo que realmente no lo sé. El hecho es, Lady Bracknell, que dije que había perdido a mis padres. Estaría más cerca de la verdad decir que mis padres parecen haberme perdido a mí... En realidad no sé quién soy por nacimiento. Fui... bueno, fui encontrado.

Lady Bracknell. ¡Encontrado!

JACK. The late Mr. Thomas Cardew, an old gentleman of a very charitable and kindly disposition, found me, and gave me the name of Worthing, because he happened to have a first-class ticket for Worthing in his pocket at the time. Worthing is a place in Sussex. It is a seaside resort.

LADY BRACKNELL. Where did the charitable gentleman who had a first-class ticket for this seaside resort find you?

JACK. [Gravely.] In a hand-bag.

LADY BRACKNELL. A hand-bag?

JACK. [Very seriously.] Yes, Lady Bracknell. I was in a hand-bag—a somewhat large, black leather hand-bag, with handles to it—an ordinary hand-bag in fact.

LADY BRACKNELL. In what locality did this Mr. James, or Thomas, Cardew come across this ordinary hand-bag?

JACK. In the cloak-room at Victoria Station. It was given to him in mistake for his own.

LADY BRACKNELL. The cloak-room at Victoria Station?

JACK. Yes. The Brighton line.

LADY BRACKNELL. The line is immaterial. Mr. Worthing, I confess I feel somewhat bewildered by what you have just told me. To be born, or at any rate bred, in a hand-bag, whether it had handles or not, seems to me to display a contempt for the ordinary decencies of family life that reminds one of the worst excesses of the French Revolution. And I presume you know what that unfortunate movement led to? As for the particular locality in which the hand-bag was found, a cloak-room at a railway station might serve to conceal a social indiscretion—has probably, indeed, been used for that purpose before now—but it could hardly be regarded as an assured basis for a recognised position in good society.

JACK. May I ask you then what you would advise me to do? I need

JACK. El difunto Mr. Thomas Cardew, un viejo caballero de carácter muy caritativo y bondadoso, me encontró y me dio el nombre de Worthing, porque dio la casualidad de que en aquel momento llevaba en el bolsillo un billete de primera clase para Worthing. Worthing es un lugar de Sussex. Es una estación balnearia.

LADY BRACKNELL. ¿Dónde la encontró el caritativo caballero que tenía un billete de primera clase para este balneario?

JACK. [Con gravedad]. En un bolso de mano.

LADY BRACKNELL. ¿Un bolso de mano?

JACK. [Muy serio]. Sí, Lady Bracknell. Yo estaba en un bolso de mano —un bolso de mano algo grande, de cuero negro, con asas— un bolso de mano corriente, de hecho.

LADY BRACKNELL. ¿En qué localidad se encontró este Mr. James, o Thomas, Cardew con este bolso de mano ordinaria?

JACK. En el guardarropa de la estación Victoria. Se lo dieron por error en vez del suyo.

LADY BRACKNELL. ¿El guardarropa de la estación Victoria?

JACK. Sí. La línea a Brighton.

LADY BRACKNELL. La línea es irrelevante. Mr. Worthing, confieso que me siento algo desconcertada por lo que acaba de contarme. Nacer, o en todo caso criarse, en un bolso de mano, tuviera asas o no, me parece mostrar un desprecio por las decencias ordinarias de la vida familiar que recuerda los peores excesos de la Revolución Francesa. Y supongo que usted sabe a qué condujo ese desafortunado movimiento. En cuanto al lugar concreto en el que se encontró la bolsa de mano, un guardarropa en una estación de tren podría servir para ocultar una indiscreción social —probablemente, de hecho, se ha utilizado con ese fin antes—, pero difícilmente podría considerarse una base segura para una posición reconocida en la buena sociedad.

JACK. ¿Puedo preguntarle entonces qué me aconsejaría hacer? No ne-

hardly say I would do anything in the world to ensure Gwendolen's happiness.

Lady Bracknell. I would strongly advise you, Mr. Worthing, to try and acquire some relations as soon as possible, and to make a definite effort to produce at any rate one parent, of either sex, before the season is quite over.

Jack. Well, I don't see how I could possibly manage to do that. I can produce the hand-bag at any moment. It is in my dressing-room at home. I really think that should satisfy you, Lady Bracknell.

Lady Bracknell. Me, sir! What has it to do with me? You can hardly imagine that I and Lord Bracknell would dream of allowing our only daughter—a girl brought up with the utmost care—to marry into a cloak-room, and form an alliance with a parcel? Good morning, Mr. Worthing!

[**Lady Bracknell** sweeps out in majestic indignation.]

Jack. Good morning! [**Algernon**, from the other room, strikes up the Wedding March. Jack looks perfectly furious, and goes to the door.] For goodness' sake don't play that ghastly tune, Algy. How idiotic you are!

[The music stops and **Algernon** enters cheerily.]

Algernon. Didn't it go off all right, old boy? You don't mean to say Gwendolen refused you? I know it is a way she has. She is always refusing people. I think it is most ill-natured of her.

Jack. Oh, Gwendolen is as right as a trivet. As far as she is concerned, we are engaged. Her mother is perfectly unbearable. Never met such a Gorgon ... I don't really know what a Gorgon is like, but I am quite sure that Lady Bracknell is one. In any case, she is a monster, without being a myth, which is rather unfair ... I beg your pardon, Algy, I suppose I shouldn't talk about your own aunt in that way before you.

cesito decir que haría cualquier cosa en el mundo para asegurar la felicidad de Gwendolen.

LADY BRACKNELL. Le aconsejo encarecidamente, Mr. Worthing, que intente conseguir algunos parientes lo antes posible y que haga un esfuerzo definitivo para producir al menos un progenitor, de cualquier sexo, antes de que termine la temporada.

JACK. Bueno, no veo cómo podría arreglármelas para hacer eso. Puedo mostrar el bolso de mano en cualquier momento. Está en el vestidor de mi casa. Realmente creo que eso debería satisfacerla, Lady Bracknell.

LADY BRACKNELL. ¡A mí, señor! ¿Qué tiene que ver conmigo? ¿Acaso puede imaginarse que a Lord Bracknell y a mí se nos ocurriría permitir que nuestra única hija —una niña criada con el mayor cuidado— se casara en un guardarropa y formara una alianza con un paquete? ¡Que tenga buenos días, Mr. Worthing!

[**Lady Bracknell** sale con majestuosa indignación].

JACK. ¡Que tenga buenos días! [**Algernon**, desde la otra habitación, entona la Marcha Nupcial. Jack parece furioso y se dirige a la puerta]. Por el amor de Dios, no cantes esa espantosa melodía, Algy. ¡Qué idiota eres!

[La música se detiene y **Algernon** entra alegremente].

ALGERNON. ¿No salió bien, viejo amigo? ¿No querrá decir que Gwendolen le rechazó? Sé que es una manera que ella tiene. Siempre está rechazando a la gente. Creo que es muy maleducado de su parte.

JACK. Oh, Gwendolen es más recta que un posafuentes. Por lo que a ella respecta, estamos comprometidos. Su madre es perfectamente insoportable. Nunca conocí a una Gorgona así... Realmente no sé cómo es una Gorgona, pero estoy bastante segura de que Lady Bracknell es una. En cualquier caso, es un monstruo, sin ser un mito, lo cual es bastante injusto... Perdona, Algy, supongo que no debería hablar así de su propia tía delante suyo.

ALGERNON. My dear boy, I love hearing my relations abused. It is the only thing that makes me put up with them at all. Relations are simply a tedious pack of people, who haven't got the remotest knowledge of how to live, nor the smallest instinct about when to die.

JACK. Oh, that is nonsense!

ALGERNON. It isn't!

JACK. Well, I won't argue about the matter. You always want to argue about things.

ALGERNON. That is exactly what things were originally made for.

JACK. Upon my word, if I thought that, I'd shoot myself ... [A pause.] You don't think there is any chance of Gwendolen becoming like her mother in about a hundred and fifty years, do you, Algy?

ALGERNON. All women become like their mothers. That is their tragedy. No man does. That's his.

JACK. Is that clever?

ALGERNON. It is perfectly phrased! and quite as true as any observation in civilised life should be.

JACK. I am sick to death of cleverness. Everybody is clever nowadays. You can't go anywhere without meeting clever people. The thing has become an absolute public nuisance. I wish to goodness we had a few fools left.

ALGERNON. We have.

JACK. I should extremely like to meet them. What do they talk about?

ALGERNON. The fools? Oh! about the clever people, of course.

JACK. What fools!

ALGERNON. Mi querido muchacho, me encanta oír cómo maltratan a mis parientes. Es lo único que me hace soportarlos. Los parientes son simplemente una tediosa manada de personas, que no tienen ni el más remoto conocimiento de cómo vivir, ni el más mínimo instinto sobre cuándo morir.

JACK. ¡Oh, eso es una tontería!

ALGERNON. ¡No lo es!

JACK. Bueno, no discutiré sobre el asunto. Usted siempre quiere discutir sobre las cosas.

ALGERNON. Eso es exactamente para lo que se hicieron las cosas en un principio.

JACK. Le juro que si pensara eso, me pegaría un tiro... [Una pausa]. No creerá que hay alguna posibilidad de que Gwendolen llegue a ser como su madre dentro de unos ciento cincuenta años, ¿verdad, Algy?

ALGERNON. Todas las mujeres llegan a ser como sus madres. Ésa es su tragedia. Ningún hombre lo hace. Esa es la suya.

JACK. ¿Es eso inteligente?

ALGERNON. Está perfectamente expresado y es tan cierto como debería serlo cualquier observación en la vida civilizada.

JACK. Estoy harto de la inteligencia. Hoy en día todo el mundo es inteligente. Uno no puede ir a ningún sitio sin encontrarse con gente inteligente. La cosa se ha convertido en una absoluta molestia pública. Ojalá nos quedaran unos cuantos tontos.

ALGERNON. Nos quedan.

JACK. Me gustaría mucho conocerlos. ¿De qué hablan?

ALGERNON. ¿Los tontos? ¡Oh! sobre la gente inteligente, por supuesto.

JACK. ¡Qué tontos!

ALGERNON. By the way, did you tell Gwendolen the truth about your being Ernest in town, and Jack in the country?

JACK. [In a very patronising manner.] My dear fellow, the truth isn't quite the sort of thing one tells to a nice, sweet, refined girl. What extraordinary ideas you have about the way to behave to a woman!

ALGERNON. The only way to behave to a woman is to make love to her, if she is pretty, and to some one else, if she is plain.

JACK. Oh, that is nonsense.

ALGERNON. What about your brother? What about the profligate Ernest?

JACK. Oh, before the end of the week I shall have got rid of him. I'll say he died in Paris of apoplexy. Lots of people die of apoplexy, quite suddenly, don't they?

ALGERNON. Yes, but it's hereditary, my dear fellow. It's a sort of thing that runs in families. You had much better say a severe chill.

JACK. You are sure a severe chill isn't hereditary, or anything of that kind?

ALGERNON. Of course it isn't!

JACK. Very well, then. My poor brother Ernest to carried off suddenly, in Paris, by a severe chill. That gets rid of him.

ALGERNON. But I thought you said that ... Miss Cardew was a little too much interested in your poor brother Ernest? Won't she feel his loss a good deal?

JACK. Oh, that is all right. Cecily is not a silly romantic girl, I am glad to say. She has got a capital appetite, goes long walks, and pays no attention at all to her lessons.

ALGERNON. I would rather like to see Cecily.

ALGERNON. Por cierto, ¿le dijiste a Gwendolen la verdad: que eras Ernest en la ciudad y Jack en el campo?

JACK. [De forma muy condescendiente]. Mi querido amigo, la verdad no es el tipo de cosa que se le dice a una muchacha agradable, dulce y refinada. ¡Qué ideas tan extraordinarias tienes sobre la forma de comportarse con una mujer!

ALGERNON. La única forma de comportarse con una mujer es hacer el amor con ella, si es guapa, y con otro, si no lo es.

JACK. Eso no tiene sentido.

ALGERNON. ¿Y tu hermano? ¿Y el despilfarrador Ernest?

JACK. Oh, antes de que acabe la semana me habré librado de él. Diré que murió en París de apoplejía. Mucha gente muere de apoplejía, lo suficientemente repentino, ¿no?

ALGERNON. Sí, pero es hereditario, mi querido amigo. Es algo que se da en las familias. Es mucho mejor decir un severo resfrío.

JACK. ¿Estás seguro de que un fuerte resfrío no es hereditario, ni nada por el estilo?

ALGERNON. ¡Claro que no!

JACK. Muy bien. A mi pobre hermano Ernest desapareció de repente, en París, de un fuerte resfrío. Así nos deshacemos de él.

ALGERNON. Pero creí que habías dicho que... Miss Cardew se interesaba demasiado por tu pobre hermano Ernest? ¿No sentirá ella mucho su pérdida?

JACK. Oh, no pasa nada. Me alegra decir que Cecily no es una niña tonta y romántica. Tiene un apetito capital, da largos paseos y no presta ninguna atención a sus lecciones.

ALGERNON. Me gustaría conocer a Cecily.

JACK. I will take very good care you never do. She is excessively pretty, and she is only just eighteen.

ALGERNON. Have you told Gwendolen yet that you have an excessively pretty ward who is only just eighteen?

JACK. Oh! one doesn't blurt these things out to people. Cecily and Gwendolen are perfectly certain to be extremely great friends. I'll bet you anything you like that half an hour after they have met, they will be calling each other sister.

ALGERNON. Women only do that when they have called each other a lot of other things first. Now, my dear boy, if we want to get a good table at Willis's, we really must go and dress. Do you know it is nearly seven?

JACK. [Irritably.] Oh! It always is nearly seven.

ALGERNON. Well, I'm hungry.

JACK. I never knew you when you weren't . . .

ALGERNON. What shall we do after dinner? Go to a theatre?

JACK. Oh no! I loathe listening.

ALGERNON. Well, let us go to the Club?

JACK. Oh, no! I hate talking.

ALGERNON. Well, we might trot round to the Empire at ten?

JACK. Oh, no! I can't bear looking at things. It is so silly.

ALGERNON. Well, what shall we do?

JACK. Nothing!

ALGERNON. It is awfully hard work doing nothing. However, I don't mind hard work where there is no definite object of any kind.

Jack. Tendré mucho cuidado de que nunca lo haga. Es excesivamente guapa, y sólo tiene dieciocho años.

Algernon. ¿Le has dicho ya a Gwendolen que tienes una pupila excesivamente guapa que sólo tiene dieciocho años?

Jack. ¡Oh! uno no le suelta cosas así a la gente. Es perfectamente seguro que Cecily y Gwendolen serán grandísimas amigas. Te apuesto lo que quieras a que media hora después de haberse conocido se estarán llamando hermana la una a la otra.

Algernon. Las mujeres sólo hacen eso cuando antes se han llamado muchas otras cosas. Ahora, mi querido muchacho, si queremos conseguir una buena mesa en Willis's, debemos ir a vestirnos. ¿Sabes que son casi las siete?

Jack. [Irritado]. ¡Oh! Siempre son casi las siete.

Algernon. Bueno, tengo hambre.

Jack. Nunca te conocí cuando no tenías hambre...

Algernon. ¿Qué haremos después de cenar? ¿Ir al teatro?

Jack. ¡Oh, no! Detesto escuchar.

Algernon. Bueno, ¿vamos al Club?

Jack. ¡Oh, no! Odio hablar.

Algernon. Bueno, ¿podríamos dar un trote por el Empire a las diez?

Jack. ¡Oh, no! No soporto mirar las cosas. Es tan tonto.

Algernon. Bueno, ¿qué hacemos?

Jack. ¡Nada!

Algernon. Es un trabajo terriblemente duro no hacer nada. Sin embargo, no me importa el trabajo duro cuando no hay un objeto definido.

[Enter **Lane**.]

Lane. Miss Fairfax.

[Enter **Gwendolen**. **Lane** goes out.]

Algernon. Gwendolen, upon my word!

Gwendolen. Algy, kindly turn your back. I have something very particular to say to Mr. Worthing.

Algernon. Really, Gwendolen, I don't think I can allow this at all.

Gwendolen. Algy, you always adopt a strictly immoral attitude towards life. You are not quite old enough to do that. [**Algernon** retires to the fireplace.]

Jack. My own darling!

Gwendolen. Ernest, we may never be married. From the expression on mamma's face I fear we never shall. Few parents nowadays pay any regard to what their children say to them. The old-fashioned respect for the young is fast dying out. Whatever influence I ever had over mamma, I lost at the age of three. But although she may prevent us from becoming man and wife, and I may marry some one else, and marry often, nothing that she can possibly do can alter my eternal devotion to you.

Jack. Dear Gwendolen!

Gwendolen. The story of your romantic origin, as related to me by mamma, with unpleasing comments, has naturally stirred the deeper fibres of my nature. Your Christian name has an irresistible fascination. The simplicity of your character makes you exquisitely incomprehensible to me. Your town address at the Albany I have. What is your address in the country?

Jack. The Manor House, Woolton, Hertfordshire.

[Entra **Lane**].

Lane. Miss Fairfax.

[Entra **Gwendolen**. **Lane** sale].

Algernon. ¡Gwendolen, te lo juro!

Gwendolen. Algy, haz el favor de ponerte de espaldas. Tengo algo muy particular que decirle a Mr. Worthing.

Algernon. De verdad, Gwendolen, no creo que pueda permitir esto en absoluto.

Gwendolen. Algy, siempre adoptas una actitud estrictamente inmoral ante la vida. No tienes edad para eso. [**Algernon** se retira a la chimenea].

Jack. ¡Querida mía!

Gwendolen. Ernest, puede que nunca nos casemos. Por la expresión de la cara de mamá, me temo que nunca lo haremos. Pocos padres prestan atención hoy en día a lo que les dicen sus hijos. El anticuado respeto por los jóvenes está desapareciendo rápidamente. Cualquier influencia que alguna vez tuve sobre mamá la perdí a los tres años. Pero aunque ella impida que nos convirtamos en marido y mujer, y yo me case con otro, y me case a menudo, nada de lo que ella pueda hacer podrá alterar mi eterna devoción por ti.

Jack. ¡Querida Gwendolen!

Gwendolen. La historia de tu romántico origen, tal como me la contó mamá, con comentarios desagradables, ha agitado naturalmente las fibras más profundas de mi naturaleza. Tu nombre de pila ejerce una irresistible fascinación. La sencillez de tu carácter te hace exquisitamente incomprensible para mí. Tu dirección en Albany la tengo. ¿Cuál es tu dirección en el campo?

Jack. The Manor House, Woolton, Hertfordshire.

[**Algernon**, who has been carefully listening, smiles to himself, and writes the address on his shirt-cuff. Then picks up the Railway Guide.]

GWENDOLEN. There is a good postal service, I suppose? It may be necessary to do something desperate. That of course will require serious consideration. I will communicate with you daily.

JACK. My own one!

GWENDOLEN. How long do you remain in town?

JACK. Till Monday.

GWENDOLEN. Good! Algy, you may turn round now.

ALGERNON. Thanks, I've turned round already.

GWENDOLEN. You may also ring the bell.

JACK. You will let me see you to your carriage, my own darling?

GWENDOLEN. Certainly.

JACK. [To **Lane**, who now enters.] I will see Miss Fairfax out.

LANE. Yes, sir. [**Jack** and **Gwendolen** go off.]

[**Lane** presents several letters on a salver to **Algernon**. It is to be surmised that they are bills, as **Algernon**, after looking at the envelopes, tears them up.]

ALGERNON. A glass of sherry, Lane.

LANE. Yes, sir.

ALGERNON. To-morrow, Lane, I'm going Bunburying.

LANE. Yes, sir.

[**Algernon**, que ha estado escuchando atentamente, sonríe para sí y escribe la dirección en el puño de la camisa. Luego coge la Guía Ferroviaria].

GwENDOLEN. Supongo que hay un buen servicio de correos. Puede que sea necesario hacer algo desesperado. Eso, por supuesto, requerirá una seria consideración. Me comunicaré contigo diariamente.

JACK. ¡Eres mía!

GwENDOLEN. ¿Cuánto tiempo permanecerás en la ciudad?

JACK. Hasta el lunes.

GwENDOLEN. ¡Bien! Algy, ya puedes darte la vuelta.

ALGERNON. Gracias, ya me he dado la vuelta.

GwENDOLEN. También puedes tocar la campanilla.

JACK. ¿Me dejarás acompañarte a tu carruaje, querida mía?

GwENDOLEN. Ciertamente.

JACK. [A **Lane**, que ahora entra]. Acompañaré a Miss Fairfax a la salida.

LANE. Sí, señor. [**Jack** y **Gwendolen** se van].

[**Lane** presenta a **Algernon** varias cartas en una bandeja. Cabe suponer que se trata de cuentas, ya que **Algernon**, tras mirar los sobres, las rompe].

ALGERNON. Una copa de jerez, Lane.

LANE. Sí, señor.

ALGERNON. Mañana, Lane, me voy a Bunburyar.

LANE. Sí, señor.

ALGERNON. I shall probably not be back till Monday. You can put up my dress clothes, my smoking jacket, and all the Bunbury suits . . .

LANE. Yes, sir. [Handing sherry.]

ALGERNON. I hope to-morrow will be a fine day, Lane.

LANE. It never is, sir.

ALGERNON. Lane, you're a perfect pessimist.

LANE. I do my best to give satisfaction, sir.

[Enter **Jack**. **Lane** goes off.]

JACK. There's a sensible, intellectual girl! the only girl I ever cared for in my life. [**Algernon** is laughing immoderately.] What on earth are you so amused at?

ALGERNON. Oh, I'm a little anxious about poor Bunbury, that is all.

JACK. If you don't take care, your friend Bunbury will get you into a serious scrape some day.

ALGERNON. I love scrapes. They are the only things that are never serious.

JACK. Oh, that's nonsense, Algy. You never talk anything but nonsense.

ALGERNON. Nobody ever does.

[**Jack** looks indignantly at him, and leaves the room. **Algernon** lights a cigarette, reads his shirt-cuff, and smiles.]

ALGERNON. Probablemente no volveré hasta el lunes. Puedes guardar mi ropa de vestir, mi chaqueta de fumar y todos los trajes de Bunbury...

LANE. Sí, señor. [Entregando el jerez].

ALGERNON. Espero que mañana sea un buen día, Lane.

LANE. Nunca lo es, señor.

ALGERNON. Lane, eres un pesimista perfecta.

LANE. Hago lo que puedo para darle satisfacción, señor.

[Entra **Jack.Lane** se va].

JACK. ¡Una muchacha sensata e intelectual! La única muchacha que me ha importado en mi vida. [**Algernon** se ríe desmesuradamente]. ¿Qué diablos te divierte tanto?

ALGERNON. Oh, estoy un poco ansioso por el pobre Bunbury, eso es todo.

JACK. Si no tienes cuidado, tu amigo Bunbury te meterá en un buen lío algún día.

ALGERNON. Me encantan los líos. Son la única cosa que nunca es seria.

JACK. Oh, eso son tonterías, Algy. Nunca dices más que tonterías.

ALGERNON. Todo el mundo lo hace.

[**Jack** le mira indignado y sale de la habitación. **Algernon** enciende un cigarrillo, lee el puño de la camisa y sonríe].

Act II

§§§ SCENE

Garden at the Manor House. A flight of grey stone steps leads up to
the house. The garden, an old-fashioned one, full of roses. Time of
year, July. Basket chairs, and a table covered with books, are set
under a large yew-tree.

[**Miss Prism** discovered seated at the table. **Cecily** is at the back watering flowers.]

MISS PRISM. [Calling.] Cecily, Cecily! Surely such a utilitarian occupa-
tion as the watering of flowers is rather Moulton's duty than yours?
Especially at a moment when intellectual pleasures await you.
Your German grammar is on the table. Pray open it at page fifteen.
We will repeat yesterday's lesson.

CECILY. [Coming over very slowly.] But I don't like German. It isn't at all
a becoming language. I know perfectly well that I look quite plain
after my German lesson.

MISS PRISM. Child, you know how anxious your guardian is that you
should improve yourself in every way. He laid particular stress on
your German, as he was leaving for town yesterday. Indeed, he always lays stress on your German when he is leaving for town.

CECILY. Dear Uncle Jack is so very serious! Sometimes he is so serious
that I think he cannot be quite well.

MISS PRISM. [Drawing herself up.] Your guardian enjoys the best of
health, and his gravity of demeanour is especially to be commend-
ed in one so comparatively young as he is. I know no one who has a
higher sense of duty and responsibility.

CECILY. I suppose that is why he often looks a little bored when we
three are together.

MISS PRISM. Cecily! I am surprised at you. Mr. Worthing has many
troubles in his life. Idle merriment and triviality would be out of

Acto II

ESCENA

Jardín de Manor House. Un tramo de escalones de piedra gris conduce
a la casa. El jardín, a la antigua usanza, está lleno de rosas. Época del
año, julio. Unas sillas de cesto y una mesa cubierta de libros están colocadas bajo un gran tejo.

[**Miss Prism**, descubierta, sentada a la mesa. **Cecily** está detrás regando
las flores].

Miss Prism. [¡Cecily, Cecily! ¿Seguramente una ocupación tan utilitaria
como regar las flores es más bien el deber de Moulton que el tuyo?
Especialmente en un momento en que te esperan placeres intelectuales. Tu gramática alemana está sobre la mesa. Por favor, ábrela en
la página quince. Repetiremos la lección de ayer.

Cecily. [Acercándose muy despacio]. Pero no me gusta el alemán. No es
en absoluto un idioma que me favorezca. Sé perfectamente que pa-
rezco bastante sencilla después de mi lección de alemán.

Miss Prism. Niña, ya sabes lo ansioso que está tu tutor de que mejores
en todos los aspectos. Ayer, cuando se marchaba a la ciudad, hizo especial hincapié en tu alemán. De hecho, siempre hace hincapié en tu
alemán cuando se marcha a la ciudad.

Cecily. ¡El querido tío Jack está tan serio! A veces está tan serio que creo
que no puede estar del todo bien.

Miss Prism. [Levantándose]. Tu tutor goza de la mejor salud, y su gra-
vedad de conducta es especialmente digna de elogio en alguien tan
comparativamente joven como él. No conozco a nadie que tenga un
mayor sentido del deber y la responsabilidad.

Cecily. Supongo que por eso a menudo parece un poco aburrido cuando
estamos los tres juntos.

Miss Prism. ¡Cecily! Me sorprendes. Mr. Worthing tiene muchos problemas en su vida. La alegría ociosa y la trivialidad estarían fuera de lu-

place in his conversation. You must remember his constant anxiety about that unfortunate young man his brother.

Cecily. I wish Uncle Jack would allow that unfortunate young man, his brother, to come down here sometimes. We might have a good influence over him, Miss Prism. I am sure you certainly would. You know German, and geology, and things of that kind influence a man very much. [**Cecily** begins to write in her diary.]

Miss Prism. [Shaking her head.] I do not think that even I could produce any effect on a character that according to his own brother's admission is irretrievably weak and vacillating. Indeed I am not sure that I would desire to reclaim him. I am not in favour of this modern mania for turning bad people into good people at a moment's notice. As a man sows so let him reap. You must put away your diary, Cecily. I really don't see why you should keep a diary at all.

Cecily. I keep a diary in order to enter the wonderful secrets of my life. If I didn't write them down, I should probably forget all about them.

Miss Prism. Memory, my dear Cecily, is the diary that we all carry about with us.

Cecily. Yes, but it usually chronicles the things that have never happened, and couldn't possibly have happened. I believe that Memory is responsible for nearly all the three-volume novels that Mudie sends us.

Miss Prism. Do not speak slightingly of the three-volume novel, Cecily. I wrote one myself in earlier days.

Cecily. Did you really, Miss Prism? How wonderfully clever you are! I hope it did not end happily? I don't like novels that end happily. They depress me so much.

Miss Prism. The good ended happily, and the bad unhappily. That is what Fiction means.

gar en su conversación. Debes recordar su constante ansiedad por ese desafortunado joven, su hermano.

Cecily. Ojalá el tío Jack permitiera que ese joven desafortunado, su hermano, viniera aquí de vez en cuando. Podríamos tener una buena influencia sobre él, Miss Prism. Estoy segura de que así sería. Usted sabe alemán, y geología, y cosas de ese tipo influyen mucho en un hombre. [**Cecily** comienza a escribir en su diario].

Miss Prism. [Sacudiendo la cabeza]. No creo que ni siquiera yo pudiera producir ningún efecto en un personaje que, según admite su propio hermano, es irremediablemente débil y vacilante. De hecho, no estoy segura de que deseara ayudarle a recuperarse. No estoy a favor de esta manía moderna de convertir a la gente mala en buena de un momento a otro. Que el hombre coseche lo que siembra. Debes guardar tu diario, Cecily. Realmente no veo por qué deberías tener un diario.

Cecily. Tengo un diario para anotar los maravillosos secretos de mi vida. Si no los escribiera, probablemente me olvidaría de ellos.

Miss Prism. La Memoria, querida Cecily, es el diario que todos llevamos encima.

Cecily. Sí, pero suele relatar las cosas que nunca han sucedido, y que posiblemente no podrían haber sucedido. Creo que la Memoria es responsable de casi todas las novelas de tres volúmenes que nos envía la Biblioteca Mudie.

Miss Prism. No hables con desprecio de las novelas en tres volúmenes, Cecily. Yo misma escribí una en su día.

Cecily. ¿De verdad, Miss Prism? ¡Qué maravillosamente inteligente es usted! Espero que no haya terminado felizmente. No me gustan las novelas que terminan felizmente. Me deprimen mucho.

Miss Prism. Los buenos acabaron felizmente, y los malos, infelizmente. Eso es lo que significa la Ficción.

CECILY. I suppose so. But it seems very unfair. And was your novel ever published?

MISS PRISM. Alas! no. The manuscript unfortunately was abandoned. [**Cecily** starts.] I use the word in the sense of lost or mislaid. To your work, child, these speculations are profitless.

CECILY. [Smiling.] But I see dear Dr. Chasuble coming up through the garden.

MISS PRISM. [Rising and advancing.] Dr. Chasuble! This is indeed a pleasure.

[Enter **Canon Chasuble.**]

CHASUBLE. And how are we this morning? Miss Prism, you are, I trust, well?

CECILY. Miss Prism has just been complaining of a slight headache. I think it would do her so much good to have a short stroll with you in the Park, Dr. Chasuble.

MISS PRISM. Cecily, I have not mentioned anything about a headache.

CECILY. No, dear Miss Prism, I know that, but I felt instinctively that you had a headache. Indeed I was thinking about that, and not about my German lesson, when the Rector came in.

CHASUBLE. I hope, Cecily, you are not inattentive.

CECILY. Oh, I am afraid I am.

CHASUBLE. That is strange. Were I fortunate enough to be Miss Prism's pupil, I would hang upon her lips. [**Miss Prism** glares.] I spoke metaphorically.—My metaphor was drawn from bees. Ahem! Mr. Worthing, I suppose, has not returned from town yet?

MISS PRISM. We do not expect him till Monday afternoon.

CHASUBLE. Ah yes, he usually likes to spend his Sunday in London. He

Cecily. Supongo que sí. Pero parece muy injusto. ¿Y se publicó alguna vez su novela?

Miss Prism. Ay, no. El manuscrito desafortunadamente fue abandonado. [**Cecily** se sobresalta]. Uso la palabra en el sentido de perdido o extraviado. A tu trabajo, niña, estas especulaciones son inútiles.

Cecily. [Sonriendo]. Pero allí veo al querido Dr. Chasuble viniendo por el jardín.

Miss Prism. [Levantándose y avanzando.] ¡Dr. Chasuble! Esto es realmente un placer.

[Entra el **Canónigo Chasuble**].

Chasuble. ¿Y cómo estamos esta mañana? Miss Prism, ¿se encuentra, espero, bien?

Cecily. Miss Prism acaba de quejarse de un ligero dolor de cabeza. Creo que le haría bien dar un corto paseo con usted por el parque, Dr. Chasuble.

Miss Prism. Cecily, no he mencionado nada sobre un dolor de cabeza.

Cecily. No, querida Miss Prism, lo sé, pero sentí instintivamente que le dolía la cabeza. De hecho estaba pensando en eso, y no en mi lección de alemán, cuando entró el rector.

Chasuble. Espero, Cecily, que no estés falta de atención.

Cecily. Me temo que sí.

Chasuble. Qué extraño. Si tuviera la suerte de ser alumna de Miss Prism, me colgaría de sus labios. [**Miss Prism** lo fulmina con la mirada]. Hablé metafóricamente... Mi metáfora fue extraída de las abejas. ¡Ejem! ¿Mr. Worthing, supongo, no ha regresado aún de la ciudad?

Miss Prism. No le esperamos hasta el lunes por la tarde.

Chasuble. Ah, sí, normalmente le gusta pasar el domingo en Londres.

is not one of those whose sole aim is enjoyment, as, by all accounts, that unfortunate young man his brother seems to be. But I must not disturb Egeria and her pupil any longer.

Miss Prism. Egeria? My name is Lætitia, Doctor.

Chasuble. [Bowing.] A classical allusion merely, drawn from the Pagan authors. I shall see you both no doubt at Evensong?

Miss Prism. I think, dear Doctor, I will have a stroll with you. I find I have a headache after all, and a walk might do it good.

Chasuble. With pleasure, Miss Prism, with pleasure. We might go as far as the schools and back.

Miss Prism. That would be delightful. Cecily, you will read your Political Economy in my absence. The chapter on the Fall of the Rupee you may omit. It is somewhat too sensational. Even these metallic problems have their melodramatic side.

[Goes down the garden with **Dr. Chasuble.**]

Cecily. [Picks up books and throws them back on table.] Horrid Political Economy! Horrid Geography! Horrid, horrid German!

[Enter **Merriman** with a card on a salver.]

Merriman. Mr. Ernest Worthing has just driven over from the station. He has brought his luggage with him.

Cecily. [Takes the card and reads it.] 'Mr. Ernest Worthing, B. 4, The Albany, W.' Uncle Jack's brother! Did you tell him Mr. Worthing was in town?

Merriman. Yes, Miss. He seemed very much disappointed. I mentioned that you and Miss Prism were in the garden. He said he was anxious to speak to you privately for a moment.

Cecily. Ask Mr. Ernest Worthing to come here. I suppose you had better talk to the housekeeper about a room for him.

No es de aquellos cuyo único objetivo es divertirse, como, por lo que parece, ese desafortunado joven que es su hermano. Pero no debo molestar más a Egeria y a su pupila.

Miss Prism. ¿Egeria? Me llamo Lætitia, doctor.

Chasuble. [Inclinándose]. Una mera alusión clásica, extraída de los autores paganos. ¿Las veré a ambas sin duda para las Vísperas?

Miss Prism. Creo, querido doctor, que daré un paseo con usted. Después de todo, me duele la cabeza y un paseo podría sentarme bien.

Chasuble. Con mucho gusto, Miss Prism, con mucho gusto. Podríamos ir hasta las escuelas y volver.

Miss Prism. Eso sería encantador. Cecily, leerás tu Economía Política en mi ausencia. El capítulo sobre la caída de la rupia puedes omitirlo. Es demasiado sensacionalista. Incluso estos problemas metálicos tienen su lado melodramático.

[Va al jardín con el **Dr. Chasuble**].

Cecily. [Recoge los libros y los vuelve a tirar sobre la mesa]. ¡Horrible Economía Política! ¡Horrible Geografía! ¡Horrible, horrible Alemán!

[Entra **Merriman** con una tarjeta en una bandeja].

Merriman. Mr. Ernest Worthing acaba de venir en coche desde la estación. Ha traído su equipaje con él.

Cecily. [Coge la tarjeta y la lee]. «Mr. Ernest Worthing, B. 4, The Albany, W». ¡El hermano del tío Jack! ¿Le dijo que Mr. Worthing estaba en la ciudad?

Merriman. Sí, Miss. Parecía muy decepcionado. Le mencioné que usted y Miss Prism estaban en el jardín. Dijo que estaba ansioso por hablar con usted en privado por un momento.

Cecily. Pídale a Mr. Ernest Worthing que venga. Supongo que será mejor que usted hable con el ama de llaves y que ella prepare una habitación

Merriman. Yes, Miss.

[**Merriman** goes off.]

Cecily. I have never met any really wicked person before. I feel rather frightened. I am so afraid he will look just like every one else.

[Enter **Algernon**, very gay and debonnair.] He does!

Algernon. [Raising his hat.] You are my little cousin Cecily, I'm sure.

Cecily. You are under some strange mistake. I am not little. In fact, I believe I am more than usually tall for my age. [**Algernon** is rather taken aback.] But I am your cousin Cecily. You, I see from your card, are Uncle Jack's brother, my cousin Ernest, my wicked cousin Ernest.

Algernon. Oh! I am not really wicked at all, cousin Cecily. You mustn't think that I am wicked.

Cecily. If you are not, then you have certainly been deceiving us all in a very inexcusable manner. I hope you have not been leading a double life, pretending to be wicked and being really good all the time. That would be hypocrisy.

Algernon. [Looks at her in amazement.] Oh! Of course I have been rather reckless.

Cecily. I am glad to hear it.

Algernon. In fact, now you mention the subject, I have been very bad in my own small way.

Cecily. I don't think you should be so proud of that, though I am sure it must have been very pleasant.

Algernon. It is much pleasanter being here with you.

para él.

Merriman. Sí, Miss.

[**Merriman** se va].

Cecily. Nunca he conocido a una persona realmente perversa. Me siento bastante asustada. Tengo tanto miedo de que sea igual que los demás.

[Entra **Algernon**, muy alegre y debonnair]. ¡Lo es!

Algernon. [Alzando el sombrero.] Usted debe ser mi pequeña prima Cecily, estoy seguro.

Cecily. Está bajo un extraño error. No soy pequeña. De hecho, creo que soy más alta de lo normal para mi edad. [**Algernon** está bastante desconcertado]. Pero soy su prima Cecily. Usted, según veo por su tarjeta, es el hermano del tío Jack, mi primo Ernest, mi malvado primo Ernest.

Algernon. ¡Oh! En realidad no soy malvado en absoluto, prima Cecily. No debe pensar que soy malvado.

Cecily. Si no lo es, entonces ciertamente nos ha estado engañando a todos de una manera totalmente inexcusable. Espero que no haya estado llevando una doble vida, fingiendo ser malvado y siendo realmente bueno todo el tiempo. Eso sería hipocresía.

Algernon. [La mira con asombro]. ¡Oh! Por supuesto, he sido bastante imprudente.

Cecily. Me alegra oírlo.

Algernon. De hecho, ahora que menciona el tema, he sido muy malo a mi pequeña manera.

Cecily. No creo que deba sentirse tan orgulloso, aunque estoy segura de que debe haber sido muy agradable.

Algernon. Es mucho más agradable estar aquí con usted.

Cecily. I can't understand how you are here at all. Uncle Jack won't be back till Monday afternoon.

Algernon. That is a great disappointment. I am obliged to go up by the first train on Monday morning. I have a business appointment that I am anxious ... to miss?

Cecily. Couldn't you miss it anywhere but in London?

Algernon. No: the appointment is in London.

Cecily. Well, I know, of course, how important it is not to keep a business engagement, if one wants to retain any sense of the beauty of life, but still I think you had better wait till Uncle Jack arrives. I know he wants to speak to you about your emigrating.

Algernon. About my what?

Cecily. Your emigrating. He has gone up to buy your outfit.

Algernon. I certainly wouldn't let Jack buy my outfit. He has no taste in neckties at all.

Cecily. I don't think you will require neckties. Uncle Jack is sending you to Australia.

Algernon. Australia! I'd sooner die.

Cecily. Well, he said at dinner on Wednesday night, that you would have to choose between this world, the next world, and Australia.

Algernon. Oh, well! The accounts I have received of Australia and the next world, are not particularly encouraging. This world is good enough for me, cousin Cecily.

Cecily. Yes, but are you good enough for it?

Algernon. I'm afraid I'm not that. That is why I want you to reform me. You might make that your mission, if you don't mind, cousin Cecily.

Cecily. No puedo entender cómo está usted aquí. El tío Jack no volverá hasta el lunes por la tarde.

Algernon. Es una gran decepción. Me veo obligado a irme en el primer tren del lunes por la mañana. Tengo una cita de negocios que estoy ansioso... ¿por perder?

Cecily. ¿No podría perderla en otro lugar que no fuera Londres?

Algernon. No... la cita es en Londres.

Cecily. Bueno, yo sé, por supuesto, lo importante que es no mantener un compromiso de negocios, si uno quiere conservar algún sentido de la belleza de la vida, pero aun así creo que es mejor que espere a que llegue el tío Jack. Sé que quiere hablar con usted sobre su emigración.

Algernon. ¿Sobre mi qué?

Cecily. Su emigración. Él ha ido a comprar su traje.

Algernon. Sin duda, no dejaría que Jack me comprara el traje. No tiene ningún gusto para las corbatas.

Cecily. No creo que necesite corbata. El tío Jack le enviará a usted a Australia.

Algernon. ¡Australia! Preferiría morir.

Cecily. Bueno, dijo en la cena del miércoles por la noche, que usted tendría que elegir entre este mundo, el otro y Australia.

Algernon. ¡Oh, vaya! Los relatos que he recibido de Australia y del otro mundo no son particularmente alentadores. Este mundo es suficiente para mí, prima Cecily.

Cecily. Sí, pero ¿es usted lo bastante bueno para ello?

Algernon. Me temo que no lo soy. Por eso quiero que me reforme. Podrías hacer de eso su misión, si no le importa, prima Cecily.

Cecily. I'm afraid I've no time, this afternoon.

Algernon. Well, would you mind my reforming myself this afternoon?

Cecily. It is rather Quixotic of you. But I think you should try.

Algernon. I will. I feel better already.

Cecily. You are looking a little worse.

Algernon. That is because I am hungry.

Cecily. How thoughtless of me. I should have remembered that when one is going to lead an entirely new life, one requires regular and wholesome meals. Won't you come in?

Algernon. Thank you. Might I have a buttonhole first? I never have any appetite unless I have a buttonhole first.

Cecily. A Marechal Niel? [Picks up scissors.]

Algernon. No, I'd sooner have a pink rose.

Cecily. Why? [Cuts a flower.]

Algernon. Because you are like a pink rose, Cousin Cecily.

Cecily. I don't think it can be right for you to talk to me like that. Miss Prism never says such things to me.

Algernon. Then Miss Prism is a short-sighted old lady. [**Cecily** puts the rose in his buttonhole.] You are the prettiest girl I ever saw.

Cecily. Miss Prism says that all good looks are a snare.

Algernon. They are a snare that every sensible man would like to be caught in.

Cecily. Oh, I don't think I would care to catch a sensible man. I

Cecily. Me temo que esta tarde no tengo tiempo.

Algernon. ¿Le importaría que yo me reformara a mí mismo esta tarde?

Cecily. Es bastante quijotesco de su parte. Pero creo que debería intentarlo.

Algernon. Lo haré. Ya me siento mejor.

Cecily. Tiene peor aspecto.

Algernon. Eso es porque tengo hambre.

Cecily. Qué desconsiderada soy. Debería haber recordado que cuando una va a llevar una vida completamente nueva, necesita comidas regulares y sanas. ¿No quiere entrar?

Algernon. Gracias. ¿Podría tomar una flor para el ojal primero? Nunca tengo apetito a menos que tenga una flor en el ojal primero.

Cecily. ¿Una Mariscal Niel? [Coge unas tijeras].

Algernon. No, preferiría una rosa rosa.

Cecily. ¿Por qué?

Algernon. Porque usted es como una rosa rosa, prima Cecily.

Cecily. No creo que esté bien que me hable así. Miss Prism nunca me dice esas cosas.

Algernon. Entonces Miss Prism es una vieja miope. [**Cecily** le pone la rosa en el ojal]. Usted es la muchacha más guapa que he visto nunca.

Cecily. Miss Prisma dice que toda buena apariencia es una trampa.

Algernon. Una trampa en la que todo hombre sensato desearía verse atrapado.

Cecily. Oh, no creo que quisiera atrapar a un hombre sensato. No sabría

shouldn't know what to talk to him about.

[They pass into the house. **Miss Prism** and **Dr. Chasuble** return.]

Miss Prism. You are too much alone, dear Dr. Chasuble. You should get married. A misanthrope I can understand—a womanthrope, never!

Chasuble. [With a scholar's shudder.] Believe me, I do not deserve so neologistic a phrase. The precept as well as the practice of the Primitive Church was distinctly against matrimony.

Miss Prism. [Sententiously.] That is obviously the reason why the Primitive Church has not lasted up to the present day. And you do not seem to realise, dear Doctor, that by persistently remaining single, a man converts himself into a permanent public temptation. Men should be more careful; this very celibacy leads weaker vessels astray.

Chasuble. But is a man not equally attractive when married?

Miss Prism. No married man is ever attractive except to his wife.

Chasuble. And often, I've been told, not even to her.

Miss Prism. That depends on the intellectual sympathies of the woman. Maturity can always be depended on. Ripeness can be trusted. Young women are green. [**Dr. Chasuble** starts.] I spoke horticulturally. My metaphor was drawn from fruits. But where is Cecily?

Chasuble. Perhaps she followed us to the schools.

[Enter **Jack** slowly from the back of the garden. He is dressed in the deepest mourning, with crape hatband and black gloves.]

Miss Prism. Mr. Worthing!

Chasuble. Mr. Worthing?

de qué hablar con él.

[Entran en la casa. Vuelven **Miss Prism** y el **Dr. Chasuble**].

Miss Prism. Usted está demasiado solo, querido Dr. Chasuble. Debería casarse. Puedo entender a un misántropo... pero a un mujerántropo, ¡nunca!

Chasuble. [Con un estremecimiento de erudito]. Créame, no merezco una frase tan neologística. Tanto el precepto como la práctica de la Iglesia Primitiva estaban claramente en contra del matrimonio.

Miss Prism. [Sentenciosamente]. Esa es obviamente la razón por la que la Iglesia Primitiva no ha perdurado hasta nuestros días. Y no parece darse cuenta, querido Doctor, de que al permanecer soltero persistentemente, un hombre se convierte en una tentación pública permanente. Los hombres deberían tener más cuidado; este mismo celibato extravía a los más débiles.

Chasuble. Pero, ¿no es igualmente atractivo un hombre casado?

Miss Prism. Ningún hombre casado es atractivo salvo para su mujer.

Chasuble. Y a menudo, me han dicho, ni siquiera para ella.

Miss Prism. Eso depende de las simpatías intelectuales de la mujer. Siempre se puede confiar en la edad madura. Se puede confiar en la madurez. Las mujeres jóvenes están verdes. [El **Dr. Chasuble** se sobresalta]. Lo digo en términos horticulturales. Mi metáfora estaba sacada de las frutas. ¿Dónde está Cecily?

Chasuble. Quizá nos siguió a las escuelas.

[Entra **Jack** lentamente desde el fondo del jardín. Va vestido del más profundo luto, con cinta de crapé en el sombrero y guantes negros].

Miss Prism. ¡Mr. Worthing!

Chasuble. ¿Mr. Worthing?

Miss Prism. This is indeed a surprise. We did not look for you till Monday afternoon.

Jack. [Shakes **Miss Prism's** hand in a tragic manner.] I have returned sooner than I expected. Dr. Chasuble, I hope you are well?

Chasuble. Dear Mr. Worthing, I trust this garb of woe does not betoken some terrible calamity?

Jack. My brother.

Miss Prism. More shameful debts and extravagance?

Chasuble. Still leading his life of pleasure?

Jack. [Shaking his head.] Dead!

Chasuble. Your brother Ernest dead?

Jack. Quite dead.

Miss Prism. What a lesson for him! I trust he will profit by it.

Chasuble. Mr. Worthing, I offer you my sincere condolence. You have at least the consolation of knowing that you were always the most generous and forgiving of brothers.

Jack. Poor Ernest! He had many faults, but it is a sad, sad blow.

Chasuble. Very sad indeed. Were you with him at the end?

Jack. No. He died abroad; in Paris, in fact. I had a telegram last night from the manager of the Grand Hotel.

Chasuble. Was the cause of death mentioned?

Jack. A severe chill, it seems.

Miss Prism. As a man sows, so shall he reap.

Miss Prism. Esto sí que es una sorpresa. No le esperábamos hasta el lunes por la tarde.

Jack. [Estrecha la mano de **Miss Prism** de forma trágica]. He vuelto antes de lo que esperaba. Dr. Chasuble, espero que se encuentre bien.

Chasuble. Querido Mr. Worthing, confío en que este atuendo de aflicción no sea presagio de alguna terrible calamidad.

Jack. Mi hermano.

Miss Prism. ¿Más deudas vergonzosas y extravagancias?

Chasuble. ¿Sigue llevando su vida de placer?

Jack. [Sacudiendo la cabeza]. ¡Ha muerto!

Chasuble. ¿Su hermano Ernest ha muerto?

Jack. Está bastante muerto.

Miss Prism. ¡Qué lección para él! Confío en que la aprovechará.

Chasuble. Mr. Worthing, le ofrezco mi más sincero pésame. Al menos le queda el consuelo de saber que siempre fue el más generoso e indulgente de los hermanos.

Jack. ¡Pobre Ernest! Tenía muchos defectos, pero es un golpe muy triste.

Chasuble. Muy triste. ¿Estuvo con él al final?

Jack. No. Murió en el extranjero; en París, de hecho. Anoche recibí un telegrama del gerente del Grand Hotel.

Chasuble. ¿Se mencionó la causa de la muerte?

Jack. Un fuerte resfrío, parece.

Miss Prism. Como un hombre siembra, así cosechará.

CHASUBLE. [Raising his hand.] Charity, dear Miss Prism, charity! None of us are perfect. I myself am peculiarly susceptible to draughts. Will the interment take place here?

JACK. No. He seems to have expressed a desire to be buried in Paris.

CHASUBLE. In Paris! [Shakes his head.] I fear that hardly points to any very serious state of mind at the last. You would no doubt wish me to make some slight allusion to this tragic domestic affliction next Sunday. [**Jack** presses his hand convulsively.] My sermon on the meaning of the manna in the wilderness can be adapted to almost any occasion, joyful, or, as in the present case, distressing. [All sigh.] I have preached it at harvest celebrations, christenings, confirmations, on days of humiliation and festal days. The last time I delivered it was in the Cathedral, as a charity sermon on behalf of the Society for the Prevention of Discontent among the Upper Orders. The Bishop, who was present, was much struck by some of the analogies I drew.

JACK. Ah! that reminds me, you mentioned christenings I think, Dr. Chasuble? I suppose you know how to christen all right? [**Dr. Chasuble** looks astounded.] I mean, of course, you are continually christening, aren't you?

MISS PRISM. It is, I regret to say, one of the Rector's most constant duties in this parish. I have often spoken to the poorer classes on the subject. But they don't seem to know what thrift is.

CHASUBLE. But is there any particular infant in whom you are interested, Mr. Worthing? Your brother was, I believe, unmarried, was he not?

JACK. Oh yes.

MISS PRISM. [Bitterly.] People who live entirely for pleasure usually are.

JACK. But it is not for any child, dear Doctor. I am very fond of children. No! the fact is, I would like to be christened myself, this afternoon, if you have nothing better to do.

Chasuble. [Levantando la mano]. ¡Caridad, querida Miss Prism, caridad! Ninguno de nosotros es perfecto. Yo mismo soy peculiarmente susceptible a las corrientes de aire. ¿El entierro tendrá lugar aquí?

Jack. No. Parece que expresó su deseo de ser enterrado en París.

Chasuble. ¡En París! [Sacude la cabeza]. Me temo que eso apenas apunta a un estado de ánimo muy serio al fin. Sin duda desearía que hiciera alguna ligera alusión a esta trágica aflicción doméstica el próximo domingo. [**Jack** aprieta su mano convulsivamente]. Mi sermón sobre el significado del maná en el desierto puede adaptarse a casi cualquier ocasión, alegre o, como en el caso presente, angustiosa. [Todos suspiran]. Lo he predicado en celebraciones de la cosecha, bautizos, confirmaciones, en días de humillación y días festivos. La última vez que lo pronuncié fue en la Catedral, como sermón de caridad en nombre de la Sociedad para la Prevención del Descontento entre las Órdenes Superiores. El obispo, que estaba presente, quedó muy impresionado por algunas de las analogías que tracé.

Jack. ¡Ah! eso me recuerda, usted mencionó el bautismo, creo, ¿Dr. Chasuble? Supongo que sabe bautizar, ¿no es así? [El **Dr. Chasuble** parece asombrado]. Quiero decir, por supuesto, usted está continuamente bautizando, ¿verdad?

Miss Prism. Es, lamento decirlo, uno de los deberes más constantes del Rector en esta parroquia. A menudo he hablado a las clases más pobres sobre el tema. Pero no parecen saber lo que es el ahorro.

Chasuble. ¿Pero hay algún infante en particular en el que esté interesado, Mr. Worthing? Su hermano era, creo, soltero, ¿no es así?

Jack. Ah, sí.

Miss Prism. [Amargamente]. Las personas que viven enteramente para el placer suelen serlo.

Jack. Pero no es para un niño, querido doctor. Me gustan mucho los niños. ¡No! el hecho es que me gustaría ser bautizado, yo mismo, esta tarde, si no tiene nada mejor que hacer.

CHASUBLE. But surely, Mr. Worthing, you have been christened already?

JACK. I don't remember anything about it.

CHASUBLE. But have you any grave doubts on the subject?

JACK. I certainly intend to have. Of course I don't know if the thing would bother you in any way, or if you think I am a little too old now.

CHASUBLE. Not at all. The sprinkling, and, indeed, the immersion of adults is a perfectly canonical practice.

JACK. Immersion!

CHASUBLE. You need have no apprehensions. Sprinkling is all that is necessary, or indeed I think advisable. Our weather is so changeable. At what hour would you wish the ceremony performed?

JACK. Oh, I might trot round about five if that would suit you.

CHASUBLE. Perfectly, perfectly! In fact I have two similar ceremonies to perform at that time. A case of twins that occurred recently in one of the outlying cottages on your own estate. Poor Jenkins the carter, a most hard-working man.

JACK. Oh! I don't see much fun in being christened along with other babies. It would be childish. Would half-past five do?

CHASUBLE. Admirably! Admirably! [Takes out watch.] And now, dear Mr. Worthing, I will not intrude any longer into a house of sorrow. I would merely beg you not to be too much bowed down by grief. What seem to us bitter trials are often blessings in disguise.

MISS PRISM. This seems to me a blessing of an extremely obvious kind.

Chasuble. Pero, con seguridad, Mr. Worthing, usted ya ha sido bautizado.

Jack. No recuerdo nada al respecto.

Chasuble. Pero, ¿tiene alguna grave duda al respecto?

Jack. Ciertamente tengo la intención de hacerlo. Por supuesto, no sé si la cosa le molestaría de alguna manera, o si piensa que ya soy un poco mayor.

Chasuble. En absoluto. La aspersión y, de hecho, la inmersión de adultos es una práctica perfectamente canónica.

Jack. ¡Inmersión!

Chasuble. No necesita tener aprensiones. Aspersión es todo lo que es necesario, o de hecho creo que aconsejable. Nuestro tiempo es tan cambiante. ¿A qué hora desea que se celebre la ceremonia?

Jack. Oh, podría darme una vuelta alrededor de las cinco si le parece bien.

Chasuble. Perfectamente, ¡perfectamente! De hecho tengo dos ceremonias similares para realizar en ese momento. Un caso de gemelos que ocurrió hace poco en una de las casas de campo periféricas de su propia finca. El pobre Jenkins el carretero, un hombre muy trabajador.

Jack. No le veo mucha gracia a ser bautizado junto con otros bebés. Sería algo infantil. ¿Le parece bien a las cinco y media?

Chasuble. ¡Admirablemente! ¡Admirablemente! [Saca el reloj]. Y ahora, querido Mr. Worthing, no me entrometeré más en una casa de dolor. Sólo quiero rogarle que no se deje abatir demasiado por la pena. Lo que nos parecen amargas pruebas son a menudo bendiciones disfrazadas.

Miss Prism. Esto me parece una bendición de un tipo extremadamente obvio.

[Enter **Cecily** from the house.]

Cecily. Uncle Jack! Oh, I am pleased to see you back. But what horrid clothes you have got on! Do go and change them.

Miss Prism. Cecily!

Chasuble. My child! my child! [**Cecily** goes towards **Jack**; he kisses her brow in a melancholy manner.]

Cecily. What is the matter, Uncle Jack? Do look happy! You look as if you had toothache, and I have got such a surprise for you. Who do you think is in the dining-room? Your brother!

Jack. Who?

Cecily. Your brother Ernest. He arrived about half an hour ago.

Jack. What nonsense! I haven't got a brother.

Cecily. Oh, don't say that. However badly he may have behaved to you in the past he is still your brother. You couldn't be so heartless as to disown him. I'll tell him to come out. And you will shake hands with him, won't you, Uncle Jack? [Runs back into the house.]

Chasuble. These are very joyful tidings.

Miss Prism. After we had all been resigned to his loss, his sudden return seems to me peculiarly distressing.

Jack. My brother is in the dining-room? I don't know what it all means. I think it is perfectly absurd.

[Enter **Algernon** and **Cecily** hand in hand. They come slowly up to **Jack**.]

Jack. Good heavens! [Motions **Algernon** away.]

Algernon. Brother John, I have come down from town to tell you that I am very sorry for all the trouble I have given you, and that I intend

[Entra **Cecily** desde la casa].

Cecily. ¡Tío Jack! Oh, me alegro de verle de vuelta. ¡Pero qué ropa tan horrible lleva! Vaya a cambiársela.

Miss Prism. ¡Cecily!

Chasuble. ¡Mi niña! ¡Mi niña! [**Cecily** va hacia **Jack**; él besa su frente de forma melancólica].

Cecily. ¿Qué pasa, tío Jack? ¡Alégrese! Parece como si le dolieran las muelas, y tengo una sorpresa para usted. ¿Quién cree que está en el comedor? ¡Su hermano!

Jack. ¿Quién?

Cecily. Su hermano Ernest. Llegó hace media hora.

Jack. ¡Qué tontería! No tengo ningún hermano.

Cecily. No diga eso. Por muy mal que se haya portado con usted en el pasado sigue siendo tu hermano. No podría ser tan despiadado como para repudiarle. Le diré que salga. Y le dará la mano, ¿verdad, tío Jack? [Vuelve corriendo a la casa].

Chasuble. Son noticias muy alegres.

Miss Prism. Después de que todos nos hubiéramos resignado a su pérdida, su repentino regreso me parece peculiarmente angustioso.

Jack. ¿Mi hermano está en el comedor? No sé qué significa todo esto. Creo que es perfectamente absurdo.

[Entran **Algernon** y **Cecily** de la mano. Se acercan lentamente a **Jack**].

Jack. ¡Santo cielo! [Le hace señas a **Algernon** para que se aleje].

Algernon. Hermano John, he venido de la ciudad para decirte que siento mucho todos los problemas que te he causado y que tengo la inten-

to lead a better life in the future. [**Jack** glares at him and does not take his hand.]

CECILY. Uncle Jack, you are not going to refuse your own brother's hand?

JACK. Nothing will induce me to take his hand. I think his coming down here disgraceful. He knows perfectly well why.

CECILY. Uncle Jack, do be nice. There is some good in every one. Ernest has just been telling me about his poor invalid friend Mr. Bunbury whom he goes to visit so often. And surely there must be much good in one who is kind to an invalid, and leaves the pleasures of London to sit by a bed of pain.

JACK. Oh! he has been talking about Bunbury, has he?

CECILY. Yes, he has told me all about poor Mr. Bunbury, and his terrible state of health.

JACK. Bunbury! Well, I won't have him talk to you about Bunbury or about anything else. It is enough to drive one perfectly frantic.

ALGERNON. Of course I admit that the faults were all on my side. But I must say that I think that Brother John's coldness to me is peculiarly painful. I expected a more enthusiastic welcome, especially considering it is the first time I have come here.

CECILY. Uncle Jack, if you don't shake hands with Ernest I will never forgive you.

JACK. Never forgive me?

CECILY. Never, never, never!

JACK. Well, this is the last time I shall ever do it. [Shakes with **Algernon** and glares.]

CHASUBLE. It's pleasant, is it not, to see so perfect a reconciliation? I

ción de llevar una vida mejor en el futuro. [**Jack** le fulmina con la mirada y no le coge la mano].

CECILY. Tío Jack, ¿no va a rechazar la mano de su propio hermano?

JACK. Nada me inducirá a tomarle la mano. Creo que el hecho de venir aquí es vergonzoso. Él sabe perfectamente por qué.

CECILY. Tío Jack, sea bueno. Todos tenemos algo bueno. Ernest acaba de hablarme de su pobre amigo inválido, Mr. Bunbury, al que va a visitar tan a menudo. Y seguramente debe haber mucho de bien en alguien que es amable con un inválido, y deja los placeres de Londres para sentarse junto a un lecho de dolor.

JACK. ¡Oh! Ha estado hablando de Bunbury, ¿verdad?

CECILY. Sí, me ha contado todo sobre el pobre Mr. Bunbury, y su terrible estado de salud.

JACK. ¡Bunbury! Bueno, no quiero que él te hable de Bunbury ni de ninguna otra cosa. Es suficiente para volverle loco a uno.

ALGERNON. Por supuesto, admito que todas las faltas estuvieron de mi parte. Pero debo decir que creo que la frialdad del Hermano John hacia mí es peculiarmente dolorosa. Esperaba una acogida más entusiasta, sobre todo teniendo en cuenta que es la primera vez que vengo aquí.

CECILY. Tío Jack, si no le da la mano a Ernest nunca se lo perdonaré.

JACK. ¿Nunca me perdonarás?

CECILY. ¡Nunca, nunca, nunca!

JACK. Bueno, esta es la última vez que lo haré. [Se da la mano con **Algernon** y lo fulmina con la mirada].

CHASUBLE. Es agradable, ¿verdad?, ver una reconciliación tan perfecta.

think we might leave the two brothers together.

Miss Prism. Cecily, you will come with us.

Cecily. Certainly, Miss Prism. My little task of reconciliation is over.

Chasuble. You have done a beautiful action to-day, dear child.

Miss Prism. We must not be premature in our judgments.

Cecily. I feel very happy. [They all go off except **Jack** and **Algernon**.]

Jack. You young scoundrel, Algy, you must get out of this place as soon as possible. I don't allow any Bunburying here.

[Enter **Merriman**.]

Merriman. I have put Mr. Ernest's things in the room next to yours, sir. I suppose that is all right?

Jack. What?

Merriman. Mr. Ernest's luggage, sir. I have unpacked it and put it in the room next to your own.

Jack. His luggage?

Merriman. Yes, sir. Three portmanteaus, a dressing-case, two hat-boxes, and a large luncheon-basket.

Algernon. I am afraid I can't stay more than a week this time.

Jack. Merriman, order the dog-cart at once. Mr. Ernest has been suddenly called back to town.

Merriman. Yes, sir. [Goes back into the house.]

Algernon. What a fearful liar you are, Jack. I have not been called

Creo que podríamos dejar a los dos hermanos juntos.

Miss Prism. Cecily, vendrás con nosotros.

Cecily. Desde luego, Miss Prism. Mi pequeña tarea de reconciliación ha terminado.

Chasuble. Has hecho una hermosa acción hoy, querida niña.

Miss Prism. No debemos ser prematuros en nuestros juicios.

Cecily. Me siento muy feliz. [Todos se van excepto **Jack** y **Algernon**].

Jack. Joven sinvergüenza, Algy, debes irte de este lugar lo antes posible. No permito ningún bunburyar aquí.

[Entra **Merriman**].

Merriman. He puesto las cosas de Mr. Ernest en la habitación contigua a la suya, señor. ¿Supongo que le parece bien?

Jack. ¿Qué?

Merriman. El equipaje de Mr. Ernest, señor. Lo he deshecho y lo he puesto en la habitación contigua a la suya.

Jack. ¿Su equipaje?

Merriman. Sí, señor. Tres portamaletas, un maletín, dos sombrereras y una gran fiambrera.

Algernon. Me temo que esta vez no podré quedarme más de una semana.

Jack. Merriman, pide el carro de inmediato. Mr. Ernest ha sido llamado repentinamente a la ciudad.

Merriman. Sí, señor. [Vuelve a entrar en la casa].

Algernon. Qué temible mentiroso eres, Jack. No me han llamado de la

back to town at all.

JACK. Yes, you have.

ALGERNON. I haven't heard any one call me.

JACK. Your duty as a gentleman calls you back.

ALGERNON. My duty as a gentleman has never interfered with my pleasures in the smallest degree.

JACK. I can quite understand that.

ALGERNON. Well, Cecily is a darling.

JACK. You are not to talk of Miss Cardew like that. I don't like it.

ALGERNON. Well, I don't like your clothes. You look perfectly ridiculous in them. Why on earth don't you go up and change? It is perfectly childish to be in deep mourning for a man who is actually staying for a whole week with you in your house as a guest. I call it grotesque.

JACK. You are certainly not staying with me for a whole week as a guest or anything else. You have got to leave … by the four-five train.

ALGERNON. I certainly won't leave you so long as you are in mourning. It would be most unfriendly. If I were in mourning you would stay with me, I suppose. I should think it very unkind if you didn't.

JACK. Well, will you go if I change my clothes?

ALGERNON. Yes, if you are not too long. I never saw anybody take so long to dress, and with such little result.

JACK. Well, at any rate, that is better than being always over-dressed as you are.

ALGERNON. If I am occasionally a little over-dressed, I make up for it by

ciudad para nada.

JACK. Sí, es así.

ALGERNON. No he oído que nadie me llame.

JACK. Tu deber como caballero te llama.

ALGERNON. Mi deber como caballero nunca ha interferido en lo más mínimo con mis placeres.

JACK. Lo comprendo perfectamente.

ALGERNON. Bueno, Cecily es un encanto.

JACK. No debes hablar así de Miss Cardew. No me gusta.

ALGERNON. Bueno, a mí no me gusta tu ropa. Te ves perfectamente ridículo en ellas. ¿Por qué diablos no subes y te cambias? Es perfectamente infantil estar profundamente de luto por un hombre que se va a quedar toda una semana contigo, en tu casa, como invitado. Yo lo llamo grotesco.

JACK. Por supuesto que no te vas a quedar conmigo una semana entera como invitado ni nada por el estilo. Tienes que irte... en el tren de las cuatro y cinco.

ALGERNON. Ciertamente no te dejaré mientras estés de luto. Sería de lo más antipático. Si yo estuviera de luto te quedarías conmigo, supongo. Me parecería muy poco amable que no lo hicieras.

JACK. Bueno, ¿te irás si me cambio de ropa?

ALGERNON. Sí, si no tardas demasiado. Nunca vi a nadie tardar tanto en vestirse, y con tan poco resultado.

JACK. Bueno, en cualquier caso, eso es mejor que ir siempre demasiado vestido como tú lo haces.

ALGERNON. Si de vez en cuando voy demasiado bien vestido, lo compenso

being always immensely over-educated.

Jack. Your vanity is ridiculous, your conduct an outrage, and your presence in my garden utterly absurd. However, you have got to catch the four-five, and I hope you will have a pleasant journey back to town. This Bunburying, as you call it, has not been a great success for you.

[Goes into the house.]

Algernon. I think it has been a great success. I'm in love with Cecily, and that is everything.

[Enter **Cecily** at the back of the garden. She picks up the can and begins to water the flowers.] But I must see her before I go, and make arrangements for another Bunbury. Ah, there she is.

Cecily. Oh, I merely came back to water the roses. I thought you were with Uncle Jack.

Algernon. He's gone to order the dog-cart for me.

Cecily. Oh, is he going to take you for a nice drive?

Algernon. He's going to send me away.

Cecily. Then have we got to part?

Algernon. I am afraid so. It's a very painful parting.

Cecily. It is always painful to part from people whom one has known for a very brief space of time. The absence of old friends one can endure with equanimity. But even a momentary separation from anyone to whom one has just been introduced is almost unbearable.

Algernon. Thank you.

[Enter **Merriman**.]

siendo siempre completamente demasiado educado.

Jack. Tu vanidad es ridícula, tu conducta un ultraje y tu presencia en mi jardín completamente absurda. Sin embargo, tienes que coger el tren de las cuatro y cinco, y espero que tengas un agradable viaje de vuelta a la ciudad. Este bunburysmo, como tú lo llamas, no ha sido un gran éxito para ti.

[Entra en la casa].

Algernon. Creo que ha sido un gran éxito. Estoy enamorado de Cecily, y eso lo es todo.

[Entra **Cecily** por el fondo del jardín. Coge la regadera y empieza a regar las flores]. Pero debo verla antes de irme, y hacer arreglos para otro Bunbury. Ah, ahí está.

Cecily. Oh, sólo he vuelto para regar las rosas. Pensé que estaba con el tío Jack.

Algernon. Él ha ido a encargar el coche.

Cecily. Oh, ¿le va a llevar a dar un buen paseo?

Algernon. Va a echarme.

Cecily. Entonces, ¿tenemos que separarnos?

Algernon. Me temo que sí. Es una separación muy dolorosa.

Cecily. Siempre es doloroso separarse de personas a las que uno ha conocido durante un breve espacio de tiempo. La ausencia de viejos amigos una puede soportarla con ecuanimidad. Pero incluso una separación momentánea de alguien a quien una acaba de ser presentado es casi insoportable.

Algernon. Gracias.

[Entra **Merriman**].

Merriman. The dog-cart is at the door, sir. [**Algernon** looks appealingly at **Cecily**.]

Cecily. It can wait, Merriman for ... five minutes.

Merriman. Yes, Miss. [Exit **Merriman**.]

Algernon. I hope, Cecily, I shall not offend you if I state quite frankly and openly that you seem to me to be in every way the visible personification of absolute perfection.

Cecily. I think your frankness does you great credit, Ernest. If you will allow me, I will copy your remarks into my diary. [Goes over to table and begins writing in diary.]

Algernon. Do you really keep a diary? I'd give anything to look at it. May I?

Cecily. Oh no. [Puts her hand over it.] You see, it is simply a very young girl's record of her own thoughts and impressions, and consequently meant for publication. When it appears in volume form I hope you will order a copy. But pray, Ernest, don't stop. I delight in taking down from dictation. I have reached 'absolute perfection'. You can go on. I am quite ready for more.

Algernon. [Somewhat taken aback.] Ahem! Ahem!

Cecily. Oh, don't cough, Ernest. When one is dictating one should speak fluently and not cough. Besides, I don't know how to spell a cough. [Writes as **Algernon** speaks.]

Algernon. [Speaking very rapidly.] Cecily, ever since I first looked upon your wonderful and incomparable beauty, I have dared to love you wildly, passionately, devotedly, hopelessly.

Cecily. I don't think that you should tell me that you love me wildly, passionately, devotedly, hopelessly. Hopelessly doesn't seem to make much sense, does it?

MERRIMAN. El coche está en la puerta, señor. [**Algernon** mira atentamente a **Cecily**].

CECILY. Puede esperar, Merriman, por... cinco minutos.

MERRIMAN. Sí, Miss. [Sale **Merriman**].

ALGERNON. Espero, Cecily, no ofenderle si te digo franca y abiertamente que me pareces en todos los sentidos la personificación visible de la perfección absoluta.

CECILY. Creo que su franqueza le honra mucho, Ernest. Si me lo permite, copiaré sus comentarios en mi diario. [Se acerca a la mesa y comienza a escribir en el diario].

ALGERNON. ¿De verdad lleva un diario? Daría lo que fuera por echarle un vistazo. ¿Me permite?

CECILY. Oh, no. [Pone la mano sobre él]. Verá, es simplemente el registro de una muchacha muy joven, de sus propios pensamientos e impresiones, y en consecuencia destinado a la publicación. Cuando aparezca en forma de volumen espero que pida un ejemplar. Pero, por favor, Ernest, no se detenga. Me encanta tomar notas al dictado. He alcanzado «perfección absoluta». Puede continuar. Estoy preparada para más.

ALGERNON. [Algo desconcertado]. ¡Ejem! ¡Ejem!

CECILY. Oh, no tosa, Ernest. Cuando uno está dictando debe hablar con fluidez y no toser. Además, no sé cómo se escribe la tos. [Escribe mientras **Algernon** habla].

ALGERNON. [Hablando muy deprisa]. Cecily, desde que contemplé por primera vez su maravillosa e incomparable belleza, me he atrevido a amarle salvajemente, apasionadamente, devotamente, sin esperanza.

CECILY. No creo que deba decirme que me amas salvajemente, apasionadamente, devotamente, sin esperanza. Sin esperanza no parece tener mucho sentido, ¿verdad?

ALGERNON. Cecily!

[Enter **Merriman.**]

MERRIMAN. The dog-cart is waiting, sir.

ALGERNON. Tell it to come round next week, at the same hour.

MERRIMAN. [Looks at **Cecily**, who makes no sign.] Yes, sir.

[**Merriman** retires.]

CECILY. Uncle Jack would be very much annoyed if he knew you were staying on till next week, at the same hour.

ALGERNON. Oh, I don't care about Jack. I don't care for anybody in the whole world but you. I love you, Cecily. You will marry me, won't you?

CECILY. You silly boy! Of course. Why, we have been engaged for the last three months.

ALGERNON. For the last three months?

CECILY. Yes, it will be exactly three months on Thursday.

ALGERNON. But how did we become engaged?

CECILY. Well, ever since dear Uncle Jack first confessed to us that he had a younger brother who was very wicked and bad, you of course have formed the chief topic of conversation between myself and Miss Prism. And of course a man who is much talked about is always very attractive. One feels there must be something in him, after all. I daresay it was foolish of me, but I fell in love with you, Ernest.

ALGERNON. Darling! And when was the engagement actually settled?

CECILY. On the 14th of February last. Worn out by your entire ignorance of my existence, I determined to end the matter one way or

ALGERNON. ¡Cecily!

[Entra **Merriman**].

MERRIMAN. El coche está esperando, señor.

ALGERNON. Dígale que venga la semana que viene, a la misma hora.

MERRIMAN. [Mira a **Cecily**, que no hace ninguna señal]. Sí, señor.

[**Merriman** se retira].

CECILY. El tío Jack se enfadaría mucho si supiera que se queda hasta la semana que viene, a la misma hora.

ALGERNON. Oh, no me importa lo que piense Jack. No me importa nadie en el mundo entero excepto usted. La amo, Cecily. Se casará conmigo, ¿verdad?

CECILY. ¡Niño tonto! Por supuesto. Vaya, hemos estado comprometidos durante los últimos tres meses.

ALGERNON. ¿Durante los últimos tres meses?

CECILY. Sí, el jueves hará exactamente tres meses.

ALGERNON. Pero, ¿cómo nos comprometimos?

CECILY. Bueno, desde que el querido tío Jack nos confesó por primera vez que tenía un hermano menor muy malvado e inadecuado, usted ha sido, por supuesto, el principal tema de conversación entre Miss Prism y yo. Y, por supuesto, un hombre del que se habla mucho siempre resulta muy atractivo. Una siente que debe haber algo en él, después de todo. Me atrevería a decir que fue una tontería por mi parte, pero me enamoré de usted, Ernest.

ALGERNON. ¡Cariño! ¿Y cuándo se resolvió realmente el compromiso?

CECILY. El pasado 14 de febrero. Agotada por su total ignorancia de mi existencia, decidí poner fin al asunto de una forma u otra, y tras una

the other, and after a long struggle with myself I accepted you under this dear old tree here. The next day I bought this little ring in your name, and this is the little bangle with the true lover's knot I promised you always to wear.

ALGERNON. Did I give you this? It's very pretty, isn't it?

CECILY. Yes, you've wonderfully good taste, Ernest. It's the excuse I've always given for your leading such a bad life. And this is the box in which I keep all your dear letters. [Kneels at table, opens box, and produces letters tied up with blue ribbon.]

ALGERNON. My letters! But, my own sweet Cecily, I have never written you any letters.

CECILY. You need hardly remind me of that, Ernest. I remember only too well that I was forced to write your letters for you. I wrote always three times a week, and sometimes oftener.

ALGERNON. Oh, do let me read them, Cecily?

CECILY. Oh, I couldn't possibly. They would make you far too conceited. [Replaces box.] The three you wrote me after I had broken off the engagement are so beautiful, and so badly spelled, that even now I can hardly read them without crying a little.

ALGERNON. But was our engagement ever broken off?

CECILY. Of course it was. On the 22nd of last March. You can see the entry if you like. [Shows diary.] 'To-day I broke off my engagement with Ernest. I feel it is better to do so. The weather still continues charming.'

ALGERNON. But why on earth did you break it off? What had I done? I had done nothing at all. Cecily, I am very much hurt indeed to hear you broke it off. Particularly when the weather was so charming.

CECILY. It would hardly have been a really serious engagement if it hadn't been broken off at least once. But I forgave you before the week was out.

larga lucha conmigo misma le acepté bajo este viejo y querido árbol de aquí. Al día siguiente compré este pequeño anillo en su nombre, y éste es el pequeño brazalete con el verdadero nudo de enamorada que le prometí llevar siempre.

ALGERNON. ¿Te he dado esto? Es muy bonito, ¿verdad?

CECILY. Sí, tiene un gusto maravillosamente bueno, Ernest. Es la excusa que siempre he dado para que lleve tan mala vida. Y ésta es la caja en la que guardo todas sus queridas cartas. [Se arrodilla bajo la mesa, abre la caja y saca las cartas atadas con una cinta azul].

ALGERNON. ¡Mis cartas! Pero, mi dulce Cecily, nunca le he escrito ninguna carta.

CECILY. No hace falta que me lo recuerde, Ernest. Recuerdo demasiado bien que me vi obligada a escribir sus cartas por usted. Escribía siempre tres veces por semana, y a veces más.

ALGERNON. Oh, ¿me deja leerlas, Cecily?

CECILY. Oh, no podría. Le harían demasiado engreído. [Coloca nuevamente la caja]. Las tres que me escribió después de que rompiera el compromiso son tan bonitas, y están tan mal escritas, que incluso ahora apenas si puedo leerlas sin llorar un poco.

ALGERNON. ¿Pero, se rompió alguna vez nuestro compromiso?

CECILY. Por supuesto que fue así. El 22 de marzo pasado. Puede ver la entrada si quieres. [Muestra el diario]. «Hoy rompí mi compromiso con Ernest. Siento que es mejor hacerlo. El tiempo sigue siendo encantador».

ALGERNON. Pero, ¿por qué demonios lo rompió? ¿Qué había hecho? No había hecho nada en absoluto. Cecily, me duele mucho saber que lo rompió. Sobre todo cuando el tiempo era tan encantador.

CECILY. Difícilmente habría sido un compromiso serio si no se hubiera roto al menos una vez. Pero le perdoné antes de que acabara la semana.

ALGERNON. [Crossing to her, and kneeling.] What a perfect angel you are, Cecily.

CECILY. You dear romantic boy. [He kisses her, she puts her fingers through his hair.] I hope your hair curls naturally, does it?

ALGERNON. Yes, darling, with a little help from others.

CECILY. I am so glad.

ALGERNON. You'll never break off our engagement again, Cecily?

CECILY. I don't think I could break it off now that I have actually met you. Besides, of course, there is the question of your name.

ALGERNON. Yes, of course. [Nervously.]

CECILY. You must not laugh at me, darling, but it had always been a girlish dream of mine to love some one whose name was Ernest. [**Algernon** rises, **Cecily** also.] There is something in that name that seems to inspire absolute confidence. I pity any poor married woman whose husband is not called Ernest.

ALGERNON. But, my dear child, do you mean to say you could not love me if I had some other name?

CECILY. But what name?

ALGERNON. Oh, any name you like—Algernon—for instance . . .

CECILY. But I don't like the name of Algernon.

ALGERNON. Well, my own dear, sweet, loving little darling, I really can't see why you should object to the name of Algernon. It is not at all a bad name. In fact, it is rather an aristocratic name. Half of the chaps who get into the Bankruptcy Court are called Algernon. But seriously, Cecily ... [Moving to her] ... if my name was Algy, couldn't you love me?

CECILY. [Rising.] I might respect you, Ernest, I might admire your

ALGERNON. [Cruza hacia ella y se arrodilla]. Qué ángel tan perfecto es, Cecily.

CECILY. Querido muchacho romántico. [Él la besa, ella le pasa los dedos por el pelo]. Espero que su pelo se rice de forma natural, ¿verdad?

ALGERNON. Sí, cariño, con un poco de ayuda de los demás.

CECILY. Me alegro mucho.

ALGERNON. ¿No volverá a romper nuestro compromiso, Cecily?

CECILY. No creo que pueda romperlo ahora que realmente le he conocido. Además, por supuesto, está la cuestión de su nombre.

ALGERNON. Sí, por supuesto. [Nerviosamente].

CECILY. No debe reírse de mí, querido, pero siempre había sido un sueño de niña amar a alguien que se llamara Ernest. [**Algernon** se levanta, **Cecily** también]. Hay algo en ese nombre que parece inspirar una confianza absoluta. Compadezco a cualquier pobre mujer casada cuyo marido no se llame Ernest.

ALGERNON. Pero, querida niña, ¿quiere decir que no podría quererme si tuviera otro nombre?

CECILY. ¿Pero, qué nombre?

ALGERNON. Oh, el nombre que quiera —Algernon— por ejemplo...

CECILY. Pero no me gusta el nombre Algernon.

ALGERNON. Bueno, mi querido, dulce y cariñoso amorcito, realmente no veo por qué debería oponerse al nombre de Algernon. No es en absoluto un mal nombre. De hecho, es más bien un nombre aristocrático. La mitad de las personas que entran en el Tribunal de Quiebras se llaman Algernon. Pero, en serio, Cecily... [dirigiéndose a ella] ... si me llamara Algy, ¿no podría quererme?

CECILY. [Podría respetarle, Ernest, podría admirar su carácter, pero me

character, but I fear that I should not be able to give you my undivided attention.

ALGERNON. Ahem! Cecily! [Picking up hat.] Your Rector here is, I suppose, thoroughly experienced in the practice of all the rites and ceremonials of the Church?

CECILY. Oh, yes. Dr. Chasuble is a most learned man. He has never written a single book, so you can imagine how much he knows.

ALGERNON. I must see him at once on a most important christening—I mean on most important business.

CECILY. Oh!

ALGERNON. I shan't be away more than half an hour.

CECILY. Considering that we have been engaged since February the 14th, and that I only met you to-day for the first time, I think it is rather hard that you should leave me for so long a period as half an hour. Couldn't you make it twenty minutes?

ALGERNON. I'll be back in no time.

[Kisses her and rushes down the garden.]

CECILY. What an impetuous boy he is! I like his hair so much. I must enter his proposal in my diary.

[Enter **Merriman**.]

MERRIMAN. A Miss Fairfax has just called to see Mr. Worthing. On very important business, Miss Fairfax states.

CECILY. Isn't Mr. Worthing in his library?

MERRIMAN. Mr. Worthing went over in the direction of the Rectory some time ago.

CECILY. Pray ask the lady to come out here; Mr. Worthing is sure to be

temo que no podría prestarle toda mi atención.

Algernon. ¡Ejem! ¡Cecily! [Recogiendo el sombrero]. ¿Supongo que su Rector aquí presente está completamente experimentado en la práctica de todos los ritos y ceremoniales de la Iglesia?

Cecily. Ah, sí. El Dr. Chasuble es un hombre muy erudito. Nunca ha escrito un solo libro, así que puede imaginarse lo mucho que sabe.

Algernon. Debo verle de inmediato por un bautizo muy importante, quiero decir, por un asunto muy importante.

Cecily. ¡Oh!

Algernon. No estaré fuera más de media hora.

Cecily. Considerando que estamos prometidos desde el 14 de febrero, y que sólo le he visto hoy por primera vez, creo que es bastante duro que me deje por un período tan largo como media hora. ¿No podrían ser veinte minutos?

Algernon. Volveré enseguida.

[La besa y sale corriendo por el jardín]

Cecily. ¡Qué muchacho tan impetuoso es! Me gusta mucho su pelo. Debo anotar su propuesta en mi diario.

[Entra **Merriman**].

Merriman. Una tal Miss Fairfax acaba de llegar para ver a Mr. Worthing. Por asuntos muy importantes, afirma Miss Fairfax.

Cecily. ¿No está Mr. Worthing en su biblioteca?

Merriman. Mr. Worthing fue en dirección a la Rectoría hace algún tiempo.

Cecily. Por favor, pídele a la dama que venga; seguro que Mr. Worthing

back soon. And you can bring tea.

MERRIMAN. Yes, Miss. [Goes out.]

CECILY. Miss Fairfax! I suppose one of the many good elderly women who are associated with Uncle Jack in some of his philanthropic work in London. I don't quite like women who are interested in philanthropic work. I think it is so forward of them.

[Enter **Merriman**.]

MERRIMAN. Miss Fairfax.

[Enter **Gwendolen**.]

[Exit **Merriman**.]

CECILY. [Advancing to meet her.] Pray let me introduce myself to you. My name is Cecily Cardew.

GWENDOLEN. Cecily Cardew? [Moving to her and shaking hands.] What a very sweet name! Something tells me that we are going to be great friends. I like you already more than I can say. My first impressions of people are never wrong.

CECILY. How nice of you to like me so much after we have known each other such a comparatively short time. Pray sit down.

GWENDOLEN. [Still standing up.] I may call you Cecily, may I not?

CECILY. With pleasure!

GWENDOLEN. And you will always call me Gwendolen, won't you?

CECILY. If you wish.

GWENDOLEN. Then that is all quite settled, is it not?

CECILY. I hope so. [A pause. They both sit down together.]

vuelve pronto. Y usted puede traer el té.

Merriman. Sí, Miss. [Sale].

Cecily. ¡Miss Fairfax! Supongo que es una de las muchas buenas mujeres mayores que están asociadas con el tío Jack en algunos de sus obras filantrópicas en Londres. No me gustan mucho las mujeres que se interesan por las obras filantrópicas. Creo que es muy atrevido de su parte.

[Entra **Merriman**].

Merriman. Miss Fairfax.

[Entra **Gwendolen**].

[Sale **Merriman**].

Cecily. [Avanzando a su encuentro]. Permítame que me presente ante usted. Mi nombre es Cecily Cardew.

Gwendolen. ¿Cecily Cardew? [Se acerca a ella y le estrecha la mano]. ¡Qué nombre tan dulce! Algo me dice que vamos a ser grandes amigas. Ya me agrada más de lo que puedo decir. Mis primeras impresiones de la gente nunca son equivocadas.

Cecily. Qué bien que le guste tanto después de conocernos desde hace tan poco tiempo. Por favor, siéntese.

Gwendolen. [Aún de pie]. Puedo llamarte Cecily, ¿no?

Cecily. ¡Con mucho gusto!

Gwendolen. Y tú siempre me llamarás Gwendolen, ¿verdad?

Cecily. Si lo deseas.

Gwendolen. Entonces ya está todo arreglado, ¿no?

Cecily. Eso espero. [Una pausa. Ambas se sientan juntas].

GWENDOLEN. Perhaps this might be a favourable opportunity for my mentioning who I am. My father is Lord Bracknell. You have never heard of papa, I suppose?

CECILY. I don't think so.

GWENDOLEN. Outside the family circle, papa, I am glad to say, is entirely unknown. I think that is quite as it should be. The home seems to me to be the proper sphere for the man. And certainly once a man begins to neglect his domestic duties he becomes painfully effeminate, does he not? And I don't like that. It makes men so very attractive. Cecily, mamma, whose views on education are remarkably strict, has brought me up to be extremely short-sighted; it is part of her system; so do you mind my looking at you through my glasses?

CECILY. Oh! not at all, Gwendolen. I am very fond of being looked at.

GWENDOLEN. [After examining **Cecily** carefully through a lorgnette.] You are here on a short visit, I suppose.

CECILY. Oh no! I live here.

GWENDOLEN. [Severely.] Really? Your mother, no doubt, or some female relative of advanced years, resides here also?

CECILY. Oh no! I have no mother, nor, in fact, any relations.

GWENDOLEN. Indeed?

CECILY. My dear guardian, with the assistance of Miss Prism, has the arduous task of looking after me.

GWENDOLEN. Your guardian?

CECILY. Yes, I am Mr. Worthing's ward.

GWENDOLEN. Oh! It is strange he never mentioned to me that he had a ward. How secretive of him! He grows more interesting hourly. I am not sure, however, that the news inspires me with feelings of

GWENDOLEN. Quizás esta sea una oportunidad propicia para que mencione quién soy. Mi padre es Lord Bracknell. Supongo que nunca has oído hablar de papá.

CECILY. No lo creo.

GWENDOLEN. Fuera del círculo familiar, papá, me alegra decirlo, es totalmente desconocido. Creo que así es como debe ser. El hogar me parece la esfera apropiada para el hombre. Y ciertamente, una vez que un hombre empieza a descuidar sus deberes domésticos se vuelve dolorosamente afeminado, ¿no es así? Y eso no me gusta. Hace a los hombres muy atractivos. Cecily, mamá, cuyos puntos de vista sobre la educación son notablemente estrictos, me ha educado para ser extremadamente miope; es parte de su sistema; así que ¿te importa que te mire con mis gafas?

CECILY. ¡Oh! En absoluto, Gwendolen. Me gusta mucho que me miren.

GWENDOLEN. [Después de examinar cuidadosamente a **Cecily** a través de unos anteojos de ópera]. Está aquí haciendo una visita corta, supongo.

CECILY. ¡Oh, no! Yo vivo aquí.

GWENDOLEN. [Severamente]. ¿En serio? ¿Su madre, sin duda, o alguna pariente femenina de edad avanzada, reside aquí también?

CECILY. ¡Oh, no! No tengo madre, ni, de hecho, ningún pariente.

GWENDOLEN. ¿Ah, sí?

CECILY. Mi querido tutor, con la ayuda de Miss Prism, tiene la ardua tarea de cuidarme.

GWENDOLEN. ¿Su tutor?

CECILY. Sí, soy la pupila de Mr. Worthing.

GWENDOLEN. ¡Oh! Es extraño que nunca me mencionara que tenía una pupila. ¡Qué reservado es! Se vuelve más interesante cada hora. No estoy segura, sin embargo, de que la noticia me inspire sentimien-

unmixed delight. [Rising and going to her.] I am very fond of you, Cecily; I have liked you ever since I met you! But I am bound to state that now that I know that you are Mr. Worthing's ward, I cannot help expressing a wish you were—well, just a little older than you seem to be—and not quite so very alluring in appearance. In fact, if I may speak candidly -

Cecily. Pray do! I think that whenever one has anything unpleasant to say, one should always be quite candid.

Gwendolen. Well, to speak with perfect candour, Cecily, I wish that you were fully forty-two, and more than usually plain for your age. Ernest has a strong upright nature. He is the very soul of truth and honour. Disloyalty would be as impossible to him as deception. But even men of the noblest possible moral character are extremely susceptible to the influence of the physical charms of others. Modern, no less than Ancient History, supplies us with many most painful examples of what I refer to. If it were not so, indeed, History would be quite unreadable.

Cecily. I beg your pardon, Gwendolen, did you say Ernest?

Gwendolen. Yes.

Cecily. Oh, but it is not Mr. Ernest Worthing who is my guardian. It is his brother—his elder brother.

Gwendolen. [Sitting down again.] Ernest never mentioned to me that he had a brother.

Cecily. I am sorry to say they have not been on good terms for a long time.

Gwendolen. Ah! that accounts for it. And now that I think of it I have never heard any man mention his brother. The subject seems distasteful to most men. Cecily, you have lifted a load from my mind. I was growing almost anxious. It would have been terrible if any cloud had come across a friendship like ours, would it not? Of course you are quite, quite sure that it is not Mr. Ernest Worthing

tos de placer incontaminados. [Se levanta y va hacia ella]. ¡Te tengo mucho cariño, Cecily; me has gustado desde que te conocí! Pero debo decir que ahora que sé que eres la pupila de Mr. Worthing, no puedo evitar expresar mi deseo de que fueras... bueno, sólo un poco mayor de lo que pareces ser y no tan seductora en apariencia. De hecho, si puedo hablar con franqueza...

Cecily. ¡Por favor! Creo que siempre que una tenga algo desagradable que decir, debe ser sincera.

Gwendolen. Bueno, para hablar con perfecta franqueza, Cecily, desearía que tuvieras cuarenta y dos años, y fueras más insulsa de lo normal para tu edad. Ernest tiene una fuerte naturaleza recta. Es el alma misma de la verdad y el honor. La deslealtad le sería tan imposible como el engaño. Pero incluso los hombres con el carácter moral más noble posible son extremadamente susceptibles a la influencia de los encantos físicos de los demás. La Historia Moderna, no menos que la Antigua, nos suministra muchos ejemplos dolorosísimos de aquello a lo que me refiero. Si no fuera así, de hecho, la Historia sería bastante ilegible.

Cecily. Perdona, Gwendolen, ¿has dicho Ernest?

Gwendolen. Sí.

Cecily. Oh, pero no es Mr. Ernest Worthing quien es mi tutor. Es su hermano... su hermano mayor.

Gwendolen. [Sentándose de nuevo]. Ernest nunca me mencionó que tuviera un hermano.

Cecily. Lamento decir que hace tiempo que no se llevan bien.

Gwendolen. ¡Ah! Eso lo explica todo. Y ahora que lo pienso nunca he oído a ningún hombre mencionar a su hermano. El tema parece desagradable para la mayoría de los hombres. Cecily, me has quitado un peso de encima. Casi me estaba volviendo ansiosa. Habría sido terrible que alguna nube se hubiera cruzado en una amistad como la nuestra, ¿verdad? Por supuesto, ¿estás muy, muy segura de que no es Mr. Er-

who is your guardian?

Cecily. Quite sure. [A pause.] In fact, I am going to be his.

Gwendolen. [Inquiringly.] I beg your pardon?

Cecily. [Rather shy and confidingly.] Dearest Gwendolen, there is no reason why I should make a secret of it to you. Our little county newspaper is sure to chronicle the fact next week. Mr. Ernest Worthing and I are engaged to be married.

Gwendolen. [Quite politely, rising.] My darling Cecily, I think there must be some slight error. Mr. Ernest Worthing is engaged to me. The announcement will appear in the *Morning Post* on Saturday at the latest.

Cecily. [Very politely, rising.] I am afraid you must be under some misconception. Ernest proposed to me exactly ten minutes ago. [Shows diary.]

Gwendolen. [Examines diary through her lorgnettte carefully.] It is certainly very curious, for he asked me to be his wife yesterday afternoon at 5.30. If you would care to verify the incident, pray do so. [Produces diary of her own.] I never travel without my diary. One should always have something sensational to read in the train. I am so sorry, dear Cecily, if it is any disappointment to you, but I am afraid I have the prior claim.

Cecily. It would distress me more than I can tell you, dear Gwendolen, if it caused you any mental or physical anguish, but I feel bound to point out that since Ernest proposed to you he clearly has changed his mind.

Gwendolen. [Meditatively.] If the poor fellow has been entrapped into any foolish promise I shall consider it my duty to rescue him at once, and with a firm hand.

Cecily. [Thoughtfully and sadly.] Whatever unfortunate entanglement my dear boy may have got into, I will never reproach him with it

nest Worthing tu tutor?

Cecily. Totalmente segura. [Una pausa]. De hecho, voy a ser suya.

Gwendolen. [Inquiriendo]. ¿Cómo dices?

Cecily. [Algo tímida y haciéndole una confidencia]. Queridísima Gwendolen, no hay razón para que te lo oculte. Nuestro pequeño periódico del condado seguramente hará una crónica del hecho la próxima semana. Mr. Ernest Worthing y yo estamos comprometidos para casarnos.

Gwendolen. [Muy cortésmente, levantándose]. Mi querida Cecily, creo que debe haber un pequeño error. Mr. Ernest Worthing está comprometido conmigo. El anuncio aparecerá en el *Morning Post* el sábado a más tardar.

Cecily. [Muy cortésmente, levantándose]. Me temo que debes estar bajo algún concepto erróneo. Ernest me propuso matrimonio hace exactamente diez minutos. [Muestra el diario].

Gwendolen. [Examina atentamente el diario a través de sus anteojos de ópera]. Es ciertamente muy curioso, pues él me pidió que fuera su esposa ayer por la tarde a las 5:30. Si deseas verificar el incidente, te ruego que lo hagas. [Saca su propio diario]. Nunca viajo sin mi diario. Una siempre debería tener algo sensacional para leer en el tren. Lo siento mucho, querida Cecily, si es alguna decepción para ti, pero me temo que tengo el pedido más antiguo.

Cecily. Me afligiría más de lo que puedo decirte, querida Gwendolen, si te causara alguna angustia mental o física, pero me siento obligada a señalar que desde que Ernest te propuso matrimonio está claro que ha cambiado de opinión.

Gwendolen. [Meditativamente]. Si el pobre hombre ha sido atrapado en alguna promesa tonta, consideraré mi deber rescatarlo de inmediato, y con mano firme.

Cecily. [Pensativa y triste]. Sea cual sea el desafortunado enredo en el que se haya metido mi querido muchacho, nunca se lo reprocharé

after we are married.

GWENDOLEN. Do you allude to me, Miss Cardew, as an entanglement? You are presumptuous. On an occasion of this kind it becomes more than a moral duty to speak one's mind. It becomes a pleasure.

CECILY. Do you suggest, Miss Fairfax, that I entrapped Ernest into an engagement? How dare you? This is no time for wearing the shallow mask of manners. When I see a spade I call it a spade.

GWENDOLEN. [Satirically.] I am glad to say that I have never seen a spade. It is obvious that our social spheres have been widely different.

[Enter **Merriman**, followed by the footman. He carries a salver, table cloth, and plate stand. **Cecily** is about to retort. The presence of the servants exercises a restraining influence, under which both girls chafe.]

MERRIMAN. Shall I lay tea here as usual, Miss?

CECILY. [Sternly, in a calm voice.] Yes, as usual. [**Merriman** begins to clear table and lay cloth. A long pause. **Cecily** and **Gwendolen** glare at each other.]

GWENDOLEN. Are there many interesting walks in the vicinity, Miss Cardew?

CECILY. Oh! yes! a great many. From the top of one of the hills quite close one can see five counties.

GWENDOLEN. Five counties! I don't think I should like that; I hate crowds.

CECILY. [Sweetly.] I suppose that is why you live in town? [**Gwendolen** bites her lip, and beats her foot nervously with her parasol.]

GWENDOLEN. [Looking round.] Quite a well-kept garden this is, Miss Cardew.

después de casarnos.

GWENDOLEN. ¿Se refiere a mí, Miss Cardew, como un enredo? Es usted presuntuosa. En una ocasión de este tipo se convierte en algo más que un deber moral decir lo que una piensa. Se convierte en un placer.

CECILY. ¿Sugiere, Miss Fairfax, que he engañado a Ernest para comprometerlo? ¿Cómo se atreve? No es momento de usar la superficial máscara de los modales. Cuando veo una pala la llamo pala.

GWENDOLEN. [Satíricamente]. Me alegra decir que nunca he visto una pala. Es obvio que nuestras esferas sociales han sido muy diferentes.

[Entra **Merriman,** seguido por el lacayo. Lleva una bandeja, un mantel y un soporte para platos. **Cecily** está a punto de replicar. La presencia de los criados ejerce una influencia restrictiva, bajo la cual ambas muchachas se irritan].

MERRIMAN. ¿Sirvo aquí el té como de costumbre, Miss?

CECILY. [Severamente, con voz tranquila]. Sí, como de costumbre. [**Merriman** empieza a recoger la mesa y a poner el mantel. Una larga pausa. **Cecily** y **Gwendolen** se miran la una a la otra].

GWENDOLEN. ¿Hay muchos paseos interesantes en los alrededores, Miss Cardew?

CECILY. ¡Oh, sí! Muchísimos. Desde lo alto de una de las colinas bastante cerca se pueden ver cinco condados.

GWENDOLEN. ¡Cinco condados! No creo que eso me guste; odio las multitudes.

CECILY. [Dulcemente]. ¿Supongo que por eso vive en la ciudad? [**Gwendolen** se muerde el labio y se golpea nerviosamente el pie con su sombrilla].

GWENDOLEN. [Mirando alrededor]. Qué jardín tan bien cuidado es éste, Miss Cardew.

CECILY. So glad you like it, Miss Fairfax.

GWENDOLEN. I had no idea there were any flowers in the country.

CECILY. Oh, flowers are as common here, Miss Fairfax, as people are in London.

GWENDOLEN. Personally I cannot understand how anybody manages to exist in the country, if anybody who is anybody does. The country always bores me to death.

CECILY. Ah! This is what the newspapers call agricultural depression, is it not? I believe the aristocracy are suffering very much from it just at present. It is almost an epidemic amongst them, I have been told. May I offer you some tea, Miss Fairfax?

GWENDOLEN. [With elaborate politeness.] Thank you. [Aside.] Detestable girl! But I require tea!

CECILY. [Sweetly.] Sugar?

GWENDOLEN. [Superciliously.] No, thank you. Sugar is not fashionable any more. [**Cecily** looks angrily at her, takes up the tongs and puts four lumps of sugar into the cup.]

CECILY. [Severely.] Cake or bread and butter?

GWENDOLEN. [In a bored manner.] Bread and butter, please. Cake is rarely seen at the best houses nowadays.

CECILY. [Cuts a very large slice of cake, and puts it on the tray.] Hand that to Miss Fairfax.

[**Merriman** does so, and goes out with footman. **Gwendolen** drinks the tea and makes a grimace. Puts down cup at once, reaches out her hand to the bread and butter, looks at it, and finds it is cake. Rises in indignation.]

GWENDOLEN. You have filled my tea with lumps of sugar, and though I asked most distinctly for bread and butter, you have given me cake.

Cecily. Me alegro de que le guste, Miss Fairfax.

Gwendolen. No tenía noción de que hubiera flores en el campo.

Cecily. Oh, las flores son tan comunes aquí, Miss Fairfax, como la gente en Londres.

Gwendolen. Personalmente no puedo entender cómo alguien logra existir en el campo, si es que alguien que es alguien lo logra. El campo siempre me aburre hasta la muerte.

Cecily. ¡Ah! Eso es lo que los periódicos llaman depresión agrícola, ¿no? Creo que la aristocracia la está sufriendo mucho en estos momentos. Es casi una epidemia entre ellos, me han dicho. ¿Puedo ofrecerle un poco de té, Miss Fairfax?

Gwendolen. [Con elaborada cortesía]. Gracias. [Aparte]. ¡Una muchacha detestable! ¡Pero necesito té!

Cecily. [Dulcemente]. ¿Azúcar?

Gwendolen. [Con desprecio]. No, gracias. El azúcar ya no está de moda. [**Cecily** la mira enfadada, coge las pinzas y pone cuatro terrones de azúcar en la taza].

Cecily. [Severamente]. ¿Pastel o pan con mantequilla?

Gwendolen. [De forma aburrida]. Pan con mantequilla, por favor. El pastel se ve raramente en las mejores casas hoy en día.

Cecily. [Corta un trozo muy grande de pastel y lo pone en la bandeja]. Sírvale esto a Miss Fairfax.

[**Merriman** así lo hace y sale con el lacayo. **Gwendolen** bebe el té y hace una mueca. Deja la taza enseguida, alarga la mano hacia el pan con mantequilla, lo mira y descubre que es pastel. Se levanta indignada].

Gwendolen. Me ha llenado el té de terrones de azúcar, y aunque pedí claramente pan con mantequilla, me ha dado pastel. Soy conocida por la

I am known for the gentleness of my disposition, and the extraordinary sweetness of my nature, but I warn you, Miss Cardew, you may go too far.

Cecily. [Rising.] To save my poor, innocent, trusting boy from the machinations of any other girl there are no lengths to which I would not go.

Gwendolen. From the moment I saw you I distrusted you. I felt that you were false and deceitful. I am never deceived in such matters. My first impressions of people are invariably right.

Cecily. It seems to me, Miss Fairfax, that I am trespassing on your valuable time. No doubt you have many other calls of a similar character to make in the neighbourhood.

[Enter **Jack**.]

Gwendolen. [Catching sight of him.] Ernest! My own Ernest!

Jack. Gwendolen! Darling! [Offers to kiss her.]

Gwendolen. [Draws back.] A moment! May I ask if you are engaged to be married to this young lady? [Points to **Cecily**.]

Jack. [Laughing.] To dear little Cecily! Of course not! What could have put such an idea into your pretty little head?

Gwendolen. Thank you. You may! [Offers her cheek.]

Cecily. [Very sweetly.] I knew there must be some misunderstanding, Miss Fairfax. The gentleman whose arm is at present round your waist is my guardian, Mr. John Worthing.

Gwendolen. I beg your pardon?

Cecily. This is Uncle Jack.

Gwendolen. [Receding.] Jack! Oh!

gentileza de mi disposición y la extraordinaria dulzura de mi naturaleza, pero le advierto, Miss Cardew, que puede haber ido demasiado lejos.

Cecily. [Levantándose]. Para salvar a mi pobre, inocente y confiado muchacho de las maquinaciones de cualquier otra muchacha no hay extremos a los que no llegaría.

Gwendolen. Desde el momento en que la vi desconfié de usted. Sentí que era falsa y engañosa. Nunca me engaño en estos asuntos. Mis primeras impresiones de la gente son invariablemente correctas.

Cecily. Me parece, Miss Fairfax, que estoy invadiendo su valioso tiempo. Sin duda tiene muchas otras visitas de carácter similar que hacer en el vecindario.

[Entra **Jack**].

Gwendolen. [Al verle]. ¡Ernest! ¡Mi Ernest!

Jack. ¡Gwendolen! ¡Querida! [Se acerca a besarla].

Gwendolen. [Retrocede]. ¡Un momento! ¿Puedo preguntarte si estás comprometido para casarse con esta joven? [Señala a **Cecily**].

Jack. [Riéndose]. ¡Con la pequeña y querida Cecily! ¡Claro que no! ¿Qué ha podido meter semejante idea en tu linda cabecita?

Gwendolen. Gracias. Puedes besarme. [Ofrece su mejilla].

Cecily. [Muy dulcemente.] Sabía que debía haber algún malentendido, Miss Fairfax. El caballero cuyo brazo está en este momento alrededor de su cintura es mi tutor, Mr. John Worthing.

Gwendolen. ¿Cómo dice?

Cecily. Este es mi tío Jack.

Gwendolen. [Retirándose]. ¡Jack! ¡Oh!

[Enter **Algernon**.]

CECILY. Here is Ernest.

ALGERNON. [Goes straight over to **Cecily** without noticing any one else.] My own love! [Offers to kiss her.]

CECILY. [Drawing back.] A moment, Ernest! May I ask you—are you engaged to be married to this young lady?

ALGERNON. [Looking round.] To what young lady? Good heavens! Gwendolen!

CECILY. Yes! to good heavens, Gwendolen, I mean to Gwendolen.

ALGERNON. [Laughing.] Of course not! What could have put such an idea into your pretty little head?

CECILY. Thank you. [Presenting her cheek to be kissed.] You may. [**Algernon** kisses her.]

GWENDOLEN. I felt there was some slight error, Miss Cardew. The gentleman who is now embracing you is my cousin, Mr. Algernon Moncrieff.

CECILY. [Breaking away from **Algernon**.] Algernon Moncrieff! Oh! [The two girls move towards each other and put their arms round each other's waists protection.]

CECILY. Are you called Algernon?

ALGERNON. I cannot deny it.

CECILY. Oh!

GWENDOLEN. Is your name really John?

JACK. [Standing rather proudly.] I could deny it if I liked. I could deny anything if I liked. But my name certainly is John. It has been John for years.

[Entra **Algernon**].

Cecily. Aquí está Ernest.

Algernon. [Va directamente hacia **Cecily** sin fijarse en nadie más]. ¡Mi amor! [Se acerca a besarla].

Cecily. [Retrocediendo]. ¡Un momento, Ernest! ¿Puedo preguntarte si estás comprometido para casarte con esta joven?

Algernon. [Mirando a su alrededor]. ¿Con qué joven? ¡Santo cielo! ¡Gwendolen!

Cecily. ¡Sí! Con santo cielo Gwendolen, quiero decir, con Gwendolen.

Algernon. [Riéndose]. ¡Claro que no! ¿Qué pudo haberte metido semejante idea en tu linda cabecita?

Cecily. Gracias. [Presentando su mejilla para ser besada]. Puedes besarme. [**Algernon** la besa].

Gwendolen. Creo que ha habido un pequeño error, Miss Cardew. El caballero que ahora la abraza es mi primo, Mr. Algernon Moncrieff.

Cecily. [Se separa de **Algernon**]. ¡Algernon Moncrieff! ¡Oh! [Las dos muchachas se acercan la una a la otra y se rodean la cintura con los brazos para protegerse].

Cecily. ¿Te llamas Algernon?

Algernon. No puedo negarlo.

Cecily. ¡Oh!

Gwendolen. ¿Es tu nombre realmente John?

Jack. [De pie, bastante orgulloso]. Podría negarlo si quisiera. Podría negar cualquier cosa si quisiera. Pero mi nombre ciertamente es John. Ha sido John durante años.

CECILY. [To **Gwendolen**.] A gross deception has been practised on both of us.

GWENDOLEN. My poor wounded Cecily!

CECILY. My sweet wronged Gwendolen!

GWENDOLEN. [Slowly and seriously.] You will call me sister, will you not? [They embrace. **Jack** and **Algernon** groan and walk up and down.]

CECILY. [Rather brightly.] There is just one question I would like to be allowed to ask my guardian.

GWENDOLEN. An admirable idea! Mr. Worthing, there is just one question I would like to be permitted to put to you. Where is your brother Ernest? We are both engaged to be married to your brother Ernest, so it is a matter of some importance to us to know where your brother Ernest is at present.

JACK. [Slowly and hesitatingly.] Gwendolen—Cecily—it is very painful for me to be forced to speak the truth. It is the first time in my life that I have ever been reduced to such a painful position, and I am really quite inexperienced in doing anything of the kind. However, I will tell you quite frankly that I have no brother Ernest. I have no brother at all. I never had a brother in my life, and I certainly have not the smallest intention of ever having one in the future.

CECILY. [Surprised.] No brother at all?

JACK. [Cheerily.] None!

GWENDOLEN. [Severely.] Had you never a brother of any kind?

JACK. [Pleasantly.] Never. Not even of any kind.

GWENDOLEN. I am afraid it is quite clear, Cecily, that neither of us is engaged to be married to any one.

CECILY. It is not a very pleasant position for a young girl suddenly to

Cecily. [A **Gwendolen**]. Nos han hecho caer en un burdo engaño a ambas.

Gwendolen. ¡Mi pobre Cecily herida!

Cecily. ¡Mi dulce agraviada Gwendolen!

Gwendolen. [Lenta y seriamente]. Me llamarás hermana, ¿verdad? [Se abrazan. **Jack** y **Algernon** gimen y caminan arriba y abajo].

Cecily. [Bastante alegre]. Sólo hay una pregunta que me gustaría que se me permitiera hacerle a mi tutor.

Gwendolen. ¡Una idea admirable! Mr. Worthing, sólo hay una pregunta que me gustaría que me permitiera hacerle. ¿Dónde está su hermano Ernest? Ambas estamos comprometidas en matrimonio con su hermano Ernest, así que es un asunto de cierta importancia para nosotras saber dónde se encuentra su hermano Ernest en estos momentos.

Jack. [Lentamente y vacilando]. Gwendolen... Cecily... es muy doloroso para mí verme obligado a decir la verdad. Es la primera vez en mi vida que me veo reducido a una posición tan dolorosa, y realmente soy bastante inexperto en hacer algo por el estilo. Sin embargo, les diré con toda franqueza que no tengo ningún hermano Ernest. No tengo ningún hermano. Nunca he tenido un hermano en mi vida, y desde luego no tengo la menor intención de tenerlo en el futuro.

Cecily. [Sorprendida]. ¿Ningún hermano?

Jack. [Alegremente]. ¡Ninguno!

Gwendolen. [Severamente]. ¿Nunca tuvo un hermano de ningún tipo?

Jack. [Nunca]. Ni siquiera de algún tipo.

Gwendolen. Me temo que está bastante claro, Cecily, que ninguna de nosotras está comprometida para casarse con nadie.

Cecily. No es una posición muy agradable en la que una joven se en-

find herself in. Is it?

GWENDOLEN. Let us go into the house. They will hardly venture to come after us there.

CECILY. No, men are so cowardly, aren't they?

[They retire into the house with scornful looks.]

JACK. This ghastly state of things is what you call Bunburying, I suppose?

ALGERNON. Yes, and a perfectly wonderful Bunbury it is. The most wonderful Bunbury I have ever had in my life.

JACK. Well, you've no right whatsoever to Bunbury here.

ALGERNON. That is absurd. One has a right to Bunbury anywhere one chooses. Every serious Bunburyist knows that.

JACK. Serious Bunburyist! Good heavens!

ALGERNON. Well, one must be serious about something, if one wants to have any amusement in life. I happen to be serious about Bunburying. What on earth you are serious about I haven't got the remotest idea. About everything, I should fancy. You have such an absolutely trivial nature.

JACK. Well, the only small satisfaction I have in the whole of this wretched business is that your friend Bunbury is quite exploded. You won't be able to run down to the country quite so often as you used to do, dear Algy. And a very good thing too.

ALGERNON. Your brother is a little off colour, isn't he, dear Jack? You won't be able to disappear to London quite so frequently as your wicked custom was. And not a bad thing either.

JACK. As for your conduct towards Miss Cardew, I must say that your taking in a sweet, simple, innocent girl like that is quite inexcusable. To say nothing of the fact that she is my ward.

cuentre de repente. ¿Lo es?

Gwendolen. Entremos en la casa. Difícilmente se aventurarán a perseguirnos allí.

Cecily. No, los hombres son tan cobardes, ¿verdad?

[Se retiran a la casa con miradas desdeñosas].

Jack. Este espantoso estado de cosas es lo que tú llamas bunburyar, supongo.

Algernon. Sí, y es un Bunbury perfectamente maravilloso. El Bunbury más maravilloso que he tenido en mi vida.

Jack. No tienes ningún derecho a Bunbury aquí.

Algernon. Eso es absurdo. Uno tiene derecho a Bunbury donde quiera. Todo bunburyista serio lo sabe.

Jack ¡Bunburyista serio! ¡Santo cielo!

Algernon. Bueno, uno debe ser serio en algo, si quiere tener alguna diversión en la vida. Resulta que yo me tomo en serio el bunburysmo. No tengo ninguna noción de lo que te tomas en serio. Te tomas todo en serio, me imagino. Tú tienes una naturaleza tan absolutamente trivial.

Jack. Bueno, la única pequeña satisfacción que tengo en todo este desgraciado asunto es que tu amigo Bunbury ha explotado. No podrás escaparte al campo tan a menudo como solías hacerlo, querido Algy. Y eso es algo muy bueno.

Algernon. Tu hermano está un poco descolocado, ¿verdad, querido Jack? No podrá desaparecer a Londres con tanta frecuencia como era tu perversa costumbre. Y eso tampoco es algo malo.

Jack. En cuanto a tu conducta hacia Miss Cardew, debo decir que tomar una chica dulce, sencilla e inocente como ella es bastante inexcusable. Por no hablar del hecho de que es mi pupila.

ALGERNON. I can see no possible defence at all for your deceiving a brilliant, clever, thoroughly experienced young lady like Miss Fairfax. To say nothing of the fact that she is my cousin.

JACK. I wanted to be engaged to Gwendolen, that is all. I love her.

ALGERNON. Well, I simply wanted to be engaged to Cecily. I adore her.

JACK. There is certainly no chance of your marrying Miss Cardew.

ALGERNON. I don't think there is much likelihood, Jack, of you and Miss Fairfax being united.

JACK. Well, that is no business of yours.

ALGERNON. If it was my business, I wouldn't talk about it. [Begins to eat muffins.] It is very vulgar to talk about one's business. Only people like stock-brokers do that, and then merely at dinner parties.

JACK. How can you sit there, calmly eating muffins when we are in this horrible trouble, I can't make out. You seem to me to be perfectly heartless.

ALGERNON. Well, I can't eat muffins in an agitated manner. The butter would probably get on my cuffs. One should always eat muffins quite calmly. It is the only way to eat them.

JACK. I say it's perfectly heartless your eating muffins at all, under the circumstances.

ALGERNON. When I am in trouble, eating is the only thing that consoles me. Indeed, when I am in really great trouble, as any one who knows me intimately will tell you, I refuse everything except food and drink. At the present moment I am eating muffins because I am unhappy. Besides, I am particularly fond of muffins. [Rising.]

JACK. [Rising.] Well, that is no reason why you should eat them all in that greedy way. [Takes muffins from **Algernon**.]

ALGERNON. No veo defensa posible en absoluto para que hayas engañado a una joven brillante, inteligente y con mucha experiencia como Miss Fairfax. Por no hablar del hecho de que es mi prima.

JACK. Quería comprometerme con Gwendolen, eso es todo. La amo.

ALGERNON. Bueno, yo simplemente quería comprometerme con Cecily. La adoro.

JACK. Desde luego, no hay ninguna posibilidad de que te cases con Miss Cardew.

ALGERNON. No creo que haya muchas probabilidades, Jack, de que tú y Miss Fairfax estén unidos.

JACK. Bueno, eso no es asunto suyo.

ALGERNON. Si fuera asunto mío, no hablaría de ello. [Empieza a comer muffins]. Es muy vulgar hablar de los negocios de uno. Sólo la gente como los corredores de bolsa lo hacen, y sólo cuando están cenando.

JACK. Cómo puedes sentarte ahí, comiendo muffins tranquilamente cuando estamos en este horrible problema, no puedo entenderlo. Me pareces totalmente desalmado.

ALGERNON. Bueno, no puedo comer muffins con agitación. La mantequilla probablemente me mancharía los puños. Siempre hay que comer muffins con calma. Es la única manera de comerlos.

JACK. Digo que es perfectamente despiadado que comas muffins, dadas las circunstancias.

ALGERNON. Cuando estoy en apuros, comer es lo único que me consuela. De hecho, cuando estoy en verdaderos apuros, como te dirá cualquiera que me conozca íntimamente, rechazo todo excepto la comida y la bebida. En este momento estoy comiendo muffins porque soy infeliz. Además, me gustan especialmente los muffins. [Se pone de pie].

JACK. [Se pone de pie]. Bueno, esa no es razón para que te los comas todos de esa manera tan codiciosa. [Toma algunos muffins de **Algernon**].

ALGERNON. [Offering tea-cake.] I wish you would have tea-cake instead. I don't like tea-cake.

JACK. Good heavens! I suppose a man may eat his own muffins in his own garden.

ALGERNON. But you have just said it was perfectly heartless to eat muffins.

JACK. I said it was perfectly heartless of you, under the circumstances. That is a very different thing.

ALGERNON. That may be. But the muffins are the same. [He seizes the muffin-dish from **Jack**.]

JACK. Algy, I wish to goodness you would go.

ALGERNON. You can't possibly ask me to go without having some dinner. It's absurd. I never go without my dinner. No one ever does, except vegetarians and people like that. Besides I have just made arrangements with Dr. Chasuble to be christened at a quarter to six under the name of Ernest.

JACK. My dear fellow, the sooner you give up that nonsense the better. I made arrangements this morning with Dr. Chasuble to be christened myself at 5.30, and I naturally will take the name of Ernest. Gwendolen would wish it. We can't both be christened Ernest. It's absurd. Besides, I have a perfect right to be christened if I like. There is no evidence at all that I have ever been christened by anybody. I should think it extremely probable I never was, and so does Dr. Chasuble. It is entirely different in your case. You have been christened already.

ALGERNON. Yes, but I have not been christened for years.

JACK. Yes, but you have been christened. That is the important thing.

ALGERNON. Quite so. So I know my constitution can stand it. If you are not quite sure about your ever having been christened, I must say I think it rather dangerous your venturing on it now. It might make

ALGERNON. [Ofreciendo teacake]. Me gustaría que tomaras teacake en su lugar. No me gusta el teacake.

JACK. ¡Santo cielo! Supongo que un hombre puede comer sus propios muffins en su propio jardín.

ALGERNON. Pero tú acabas de decir que era totalmente desalmado comer muffins.

JACK. Dije que era totalmente desalmado de tu parte, dadas las circunstancias. Eso es algo muy diferente.

ALGERNON. Puede ser. Pero los muffins son los mismos. [Le arrebata el plato de muffins a **Jack**].

JACK. Algy, ojalá te fueras.

ALGERNON. No puedes pedirme que me vaya sin cenar algo. Es absurdo. Nunca me voy sin cenar. Nadie lo hace nunca, excepto los vegetarianos y gente así. Además acabo de arreglar con el Dr. Chasuble para que me bautice a las seis menos cuarto con el nombre de Ernest.

JACK. Mi querido amigo, cuanto antes dejes esas tonterías, mejor. He hecho arreglos esta mañana con el Dr. Chasuble para que me bautice a las 5:30, y naturalmente tomaré el nombre de Ernest. Gwendolen lo desearía. No podemos bautizarnos los dos con el nombre de Ernest. Es absurdo. Además, tengo perfecto derecho a que me bauticen si quiero. No hay prueba alguna de que me haya bautizado nadie. Me parece extremadamente probable que nunca lo haya sido, y lo mismo piensa el Dr. Chasuble. En tu caso es totalmente diferente. Tú ya has sido bautizado.

ALGERNON. Sí, pero hace años que no me bautizan.

JACK. Sí, pero te han bautizado. Eso es lo importante.

ALGERNON. Así es. Así sé que mi constitución puede soportarlo. Si no estás muy seguro de haber sido bautizado alguna vez, debo decir que me parece bastante peligroso que te aventures a ello ahora. Podrías

you very unwell. You can hardly have forgotten that some one very closely connected with you was very nearly carried off this week in Paris by a severe chill.

JACK. Yes, but you said yourself that a severe chill was not hereditary.

ALGERNON. It usen't to be, I know—but I daresay it is now. Science is always making wonderful improvements in things.

JACK. [Picking up the muffin-dish.] Oh, that is nonsense; you are always talking nonsense.

ALGERNON. Jack, you are at the muffins again! I wish you wouldn't. There are only two left. [Takes them.] I told you I was particularly fond of muffins.

JACK. But I hate tea-cake.

ALGERNON. Why on earth then do you allow tea-cake to be served up for your guests? What ideas you have of hospitality!

JACK. Algernon! I have already told you to go. I don't want you here. Why don't you go!

ALGERNON. I haven't quite finished my tea yet! and there is still one muffin left. [**Jack** groans, and sinks into a chair. **Algernon** still continues eating.]

ponerte muy mal. Difícilmente habrás olvidado que alguien muy relacionado contigo estuvo a punto de morir esta semana en París a causa de un fuerte resfrío.

Jack. Sí, pero tú mismo dijiste que un fuerte resfrío no era hereditario.

Algernon. No solía serlo, lo sé, pero me atrevo a decir que ahora sí. La ciencia siempre está haciendo mejoras maravillosas en las cosas.

Jack. [Recogiendo el plato de muffins]. Oh, eso son tonterías; siempre estás diciendo tonterías.

Algernon. ¡Jack, estás otra vez con los muffins! Ojalá no lo hicieras. Sólo quedan dos. [Los toma]. Te dije que me gustaban mucho los muffins.

Jack. Pero odio el teacake.

Algernon. ¿Por qué demonios permites entonces que se sirva teacake a sus invitados? ¡Qué ideas tienes de la hospitalidad!

Jack. ¡Algernon! Ya te he dicho que te vayas. No te quiero aquí. ¿Por qué no te vas?

Algernon. Aún no he terminado el té y todavía me queda un muffin. [**Jack** gime y se hunde en una silla. **Algernon** sigue comiendo].

Act III

SCENE

Morning-room at the Manor House.

[**Gwendolen** and **Cecily** are at the window, looking out into the garden.]

Gwendolen. The fact that they did not follow us at once into the house, as any one else would have done, seems to me to show that they have some sense of shame left.

Cecily. They have been eating muffins. That looks like repentance.

Gwendolen. [After a pause.] They don't seem to notice us at all. Couldn't you cough?

Cecily. But I haven't got a cough.

Gwendolen. They're looking at us. What effrontery!

Cecily. They're approaching. That's very forward of them.

Gwendolen. Let us preserve a dignified silence.

Cecily. Certainly. It's the only thing to do now. [Enter **Jack** followed by **Algernon**. They whistle some dreadful popular air from a British Opera.]

Gwendolen. This dignified silence seems to produce an unpleasant effect.

Cecily. A most distasteful one.

Gwendolen. But we will not be the first to speak.

Cecily. Certainly not.

Gwendolen. Mr. Worthing, I have something very particular to ask

Acto III

ESCENA

Habitación matinal en Manor House.

[**Gwendolen** y **Cecily** están en la ventana, mirando al jardín].

Gwendolen. El hecho de que no nos siguieran de inmediato al interior de la casa, como habría hecho cualquier otra persona, me parece que demuestra que les queda algo de sentido de la vergüenza.

Cecily. Han estado comiendo muffins. Eso parece arrepentimiento.

Gwendolen. [Tras una pausa]. No parecen reparar en nosotras en absoluto. ¿No podrías toser?

Cecily. Pero no tengo tos.

Gwendolen. Nos están mirando. ¡Qué descaro!

Cecily. Se están acercando. Es muy atrevido de su parte.

Gwendolen. Guardemos un digno silencio.

Cecily. Desde luego. Es lo único que se puede hacer ahora. [Entra **Jack** seguido de Algernon. Silban algún espantoso aire popular de una ópera británica].

Gwendolen. Este silencio digno parece producir un efecto desagradable.

Cecily. Totalmente carente de gusto.

Gwendolen. Pero no seremos los primeros en hablar.

Cecily. Desde luego que no.

Gwendolen. Mr. Worthing, tengo algo muy particular que preguntarle.

you. Much depends on your reply.

Cecily. Gwendolen, your common sense is invaluable. Mr. Moncrieff, kindly answer me the following question. Why did you pretend to be my guardian's brother?

Algernon. In order that I might have an opportunity of meeting you.

Cecily. [To **Gwendolen**.] That certainly seems a satisfactory explanation, does it not?

Gwendolen. Yes, dear, if you can believe him.

Cecily. I don't. But that does not affect the wonderful beauty of his answer.

Gwendolen. True. In matters of grave importance, style, not sincerity is the vital thing. Mr. Worthing, what explanation can you offer to me for pretending to have a brother? Was it in order that you might have an opportunity of coming up to town to see me as often as possible?

Jack. Can you doubt it, Miss Fairfax?

Gwendolen. I have the gravest doubts upon the subject. But I intend to crush them. This is not the moment for German scepticism. [Moving to **Cecily**.] Their explanations appear to be quite satisfactory, especially Mr. Worthing's. That seems to me to have the stamp of truth upon it.

Cecily. I am more than content with what Mr. Moncrieff said. His voice alone inspires one with absolute credulity.

Gwendolen. Then you think we should forgive them?

Cecily. Yes. I mean no.

Gwendolen. True! I had forgotten. There are principles at stake that one cannot surrender. Which of us should tell them? The task is not a pleasant one.

Mucho depende de su respuesta.

Cecily. Gwendolen, tu sentido común es inestimable. Mr. Moncrieff, tenga la amabilidad de responderme a la siguiente pregunta. ¿Por qué fingió ser el hermano de mi tutor?

Algernon. Para tener la oportunidad de conocerla.

Cecily. [A **Gwendolen**]. Ciertamente parece una explicación satisfactoria, ¿no?

Gwendolen. Sí, querida, si puedes creerle.

Cecily. No puedo. Pero eso no afecta la maravillosa belleza de su respuesta.

Gwendolen. Cierto. En asuntos de grave importancia, el estilo, no la sinceridad, es lo vital. Mr. Worthing, ¿qué explicación puede ofrecerme para fingir que tiene un hermano? ¿Fue para tener la oportunidad de venir a la ciudad a verme tan a menudo como fuera posible?

Jack. ¿Puede dudarlo, Miss Fairfax?

Gwendolen. Tengo las dudas más graves sobre el tema. Pero tengo la intención de acallarlas. Este no es el momento para el escepticismo alemán. [Dirigiéndose a **Cecily**]. Sus explicaciones parecen ser bastante satisfactorias, especialmente la de Mr. Worthing. Me parece que tienen el sello de la verdad.

Cecily. Estoy más que satisfecha con lo que ha dicho Mr. Moncrieff. Sólo su voz le inspira a una una credulidad absoluta.

Gwendolen. Entonces, ¿crees que debemos perdonarles?

Cecily. Sí. Quiero decir que no.

Gwendolen. ¡Es verdad! Lo había olvidado. Hay principios en juego a los que no se puede renunciar. ¿Quién de nosotras debe decírselos? La tarea no es agradable.

CECILY. Could we not both speak at the same time?

GWENDOLEN. An excellent idea! I nearly always speak at the same time as other people. Will you take the time from me?

CECILY. Certainly. [**Gwendolen** beats time with uplifted finger.]

GWENDOLEN and **CECILY.** [Speaking together.] Your Christian names are still an insuperable barrier. That is all!

JACK and **ALGERNON** [Speaking together.] Our Christian names! Is that all? But we are going to be christened this afternoon.

GWENDOLEN. [To **Jack**.] For my sake you are prepared to do this terrible thing?

JACK. I am.

CECILY. [To **Algernon**.] To please me you are ready to face this fearful ordeal?

ALGERNON. I am!

GWENDOLEN. How absurd to talk of the equality of the sexes! Where questions of self-sacrifice are concerned, men are infinitely beyond us.

JACK. We are. [Clasps hands with **Algernon**.]

CECILY. They have moments of physical courage of which we women know absolutely nothing.

GWENDOLEN. [To **Jack**.] Darling!

ALGERNON. [To **Cecily**.] Darling! [They fall into each other's arms.]

[Enter **MERRIMAN**. When he enters he coughs loudly, seeing the situation.]

Cecily. ¿No podríamos hablar las dos al mismo tiempo?

Gwendolen. ¡Una idea excelente! Casi siempre hablo al mismo tiempo que los demás. ¿Me marcas el tiempo?

Cecily. Ciertamente. [**Gwendolen** marca el tiempo con el dedo levantado].

Gwendolen y Cecily. [Hablando juntas]. Sus nombres de pila siguen siendo una barrera insuperable. ¡Eso es todo!

Jack y Algernon. [Hablando juntos]. ¡Nuestros nombres de pila! ¿Eso es todo? Pero vamos a ser bautizados esta tarde.

Gwendolen. [A **Jack**]. ¿Estás dispuesto a hacer esta cosa terrible por mí?

Jack. Lo estoy.

Cecily. [A **Algernon**]. ¿Estás dispuesto a afrontar esta temible prueba para complacerme?

Algernon. ¡Así es!

Gwendolen. ¡Qué absurdo es hablar de la igualdad de los sexos! En cuestiones de abnegación, los hombres nos superan infinitamente.

Jack. Así es. [Choca la mano con **Algernon**].

Cecily. Tienen momentos de coraje físico de los que las mujeres no sabemos absolutamente nada.

Gwendolen. [A **Jack**]. ¡Cariño!

Algernon. [A **Cecily**]. ¡Cariño! [Caen cada uno en brazos del otro].

[Entra **Merriman**. Al entrar tose fuertemente, al ver la situación].

Merriman. Ahem! Ahem! Lady Bracknell!

Jack. Good heavens!

[Enter **Lady Bracknell**. The couples separate in alarm. Exit **Merriman**.]

Lady Bracknell. Gwendolen! What does this mean?

Gwendolen. Merely that I am engaged to be married to Mr. Worthing, mamma.

Lady Bracknell. Come here. Sit down. Sit down immediately. Hesitation of any kind is a sign of mental decay in the young, of physical weakness in the old. [Turns to **Jack**.] Apprised, sir, of my daughter's sudden flight by her trusty maid, whose confidence I purchased by means of a small coin, I followed her at once by a luggage train. Her unhappy father is, I am glad to say, under the impression that she is attending a more than usually lengthy lecture by the University Extension Scheme on the Influence of a permanent income on Thought. I do not propose to undeceive him. Indeed I have never undeceived him on any question. I would consider it wrong. But of course, you will clearly understand that all communication between yourself and my daughter must cease immediately from this moment. On this point, as indeed on all points, I am firm.

Jack. I am engaged to be married to Gwendolen Lady Bracknell!

Lady Bracknell. You are nothing of the kind, sir. And now, as regards Algernon! ... Algernon!

Algernon. Yes, Aunt Augusta.

Lady Bracknell. May I ask if it is in this house that your invalid friend Mr. Bunbury resides?

Algernon. [Stammering.] Oh! No! Bunbury doesn't live here. Bunbury is somewhere else at present. In fact, Bunbury is dead.

Merriman. ¡Ejem! ¡Ejem! ¡Lady Bracknell!

Jack. ¡Santo cielo!

[Entra **Lady Bracknell**. Las parejas se separan alarmadas. Sale **Merriman**].

Lady Bracknell. ¡Gwendolen! ¿Qué significa esto?

Gwendolen. Simplemente que estoy comprometida para casarme con Mr. Worthing, mamá.

Lady Bracknell. Ven aquí. Siéntate. Siéntate inmediatamente. La vacilación de cualquier tipo es un signo de decadencia mental en los jóvenes, de debilidad física en los viejos. [Se vuelve hacia **Jack**]. Informada, señor, de la repentina huida de mi hija por su fiel criada, cuya confianza compré mediante una pequeña moneda, la seguí de inmediato en un tren para el equipaje. Su infeliz padre tiene, me alegra decirlo, la impresión de que ella está asistiendo a una más que habitualmente larga conferencia del Plan de Extensión Universitaria sobre la Influencia de una renta permanente en el Pensamiento. No me propongo desengañarle. De hecho, nunca le he desengañado sobre ninguna cuestión. Lo consideraría un error. Pero, por supuesto, comprenderá claramente que toda comunicación entre usted y mi hija debe cesar inmediatamente a partir de este momento. En este punto, como en todos, soy firme.

Jack. ¡Estoy comprometido para casarme con Gwendolen, Lady Bracknell!

Lady Bracknell. Para nada, señor. ¡Y ahora, en cuanto a Algernon...! ¡Algernon!

Algernon. Sí, tía Augusta.

Lady Bracknell. ¿Puedo preguntarte si es en esta casa donde reside tu amigo inválido, Mr. Bunbury?

Algernon. [Tartamudeando]. ¡Oh! ¡No! Bunbury no vive aquí. Bunbury está en otro lugar en este momento. De hecho, Bunbury está muerto.

Lady Bracknell. Dead! When did Mr. Bunbury die? His death must have been extremely sudden.

Algernon. [Airily.] Oh! I killed Bunbury this afternoon. I mean poor Bunbury died this afternoon.

Lady Bracknell. What did he die of?

Algernon. Bunbury? Oh, he was quite exploded.

Lady Bracknell. Exploded! Was he the victim of a revolutionary outrage? I was not aware that Mr. Bunbury was interested in social legislation. If so, he is well punished for his morbidity.

Algernon. My dear Aunt Augusta, I mean he was found out! The doctors found out that Bunbury could not live, that is what I mean—so Bunbury died.

Lady Bracknell. He seems to have had great confidence in the opinion of his physicians. I am glad, however, that he made up his mind at the last to some definite course of action, and acted under proper medical advice. And now that we have finally got rid of this Mr. Bunbury, may I ask, Mr. Worthing, who is that young person whose hand my nephew Algernon is now holding in what seems to me a peculiarly unnecessary manner?

Jack. That lady is Miss Cecily Cardew, my ward. [**Lady Bracknell** bows coldly to **Cecily**.]

Algernon. I am engaged to be married to Cecily, Aunt Augusta.

Lady Bracknell. I beg your pardon?

Cecily. Mr. Moncrieff and I are engaged to be married, Lady Bracknell.

Lady Bracknell. [With a shiver, crossing to the sofa and sitting down.] I do not know whether there is anything peculiarly exciting in the air of this particular part of Hertfordshire, but the number of engagements that go on seems to me considerably above the prop-

LADY BRACKNELL. ¡Muerto! ¿Cuándo murió Mr. Bunbury? Su muerte debió ser extremadamente repentina.

ALGERNON. [Airado]. ¡Oh! He matado a Bunbury esta tarde. Quiero decir que el pobre Bunbury murió esta tarde.

LADY BRACKNELL. ¿De qué murió?

ALGERNON. ¿Bunbury? Oh, estaba bastante reventado.

LADY BRACKNELL. ¡Reventado! ¿Fue víctima de un atentado revolucionario? No sabía que Mr. Bunbury estuviera interesado en la legislación social. Si es así, está bien castigado por su morbosidad.

ALGERNON. Mi querida tía Augusta, ¡quiero decir que lo descubrieron! Los médicos descubrieron que Bunbury no podía vivir, eso es lo que quiero decir, así que Bunbury murió.

LADY BRACKNELL. Parece que tenía una gran confianza en la opinión de sus médicos. Me alegro, sin embargo, de que se decidiera al final por algún curso de acción definido, y actuara bajo el apropiado consejo médico. Y ahora que finalmente nos hemos librado de este Mr. Bunbury, ¿puedo preguntarle, Mr. Worthing, quién es esa joven persona cuya mano mi sobrino Algernon sostiene ahora de una manera que me parece peculiarmente innecesaria?

JACK. Esa dama es Miss Cecily Cardew, mi pupila. [**Lady Bracknell se** inclina fríamente ante **Cecily**].

ALGERNON. Estoy comprometido para casarme con Cecily, tía Augusta.

LADY BRACKNELL. ¿Cómo dices?

CECILY. Mr. Moncrieff y yo estamos comprometidos en matrimonio, Lady Bracknell.

LADY BRACKNELL. [Con un escalofrío, cruza hasta el sofá y se sienta]. No sé si hay algo peculiarmente excitante en el aire de esta parte concreta de Hertfordshire, pero el número de compromisos que se producen me parece considerablemente superior a la media adecuada que las

er average that statistics have laid down for our guidance. I think some preliminary inquiry on my part would not be out of place. Mr. Worthing, is Miss Cardew at all connected with any of the larger railway stations in London? I merely desire information. Until yesterday I had no idea that there were any families or persons whose origin was a Terminus. [**Jack** looks perfectly furious, but restrains himself.]

JACK. [In a clear, cold voice.] Miss Cardew is the grand-daughter of the late Mr. Thomas Cardew of 149 Belgrave Square, S.W.; Gervase Park, Dorking, Surrey; and the Sporran, Fifeshire, N.B.

LADY BRACKNELL. That sounds not unsatisfactory. Three addresses always inspire confidence, even in tradesmen. But what proof have I of their authenticity?

JACK. I have carefully preserved the Court Guides of the period. They are open to your inspection, Lady Bracknell.

LADY BRACKNELL. [Grimly.] I have known strange errors in that publication.

JACK. Miss Cardew's family solicitors are Messrs. Markby, Markby, and Markby.

LADY BRACKNELL. Markby, Markby, and Markby? A firm of the very highest position in their profession. Indeed I am told that one of the Mr. Markby's is occasionally to be seen at dinner parties. So far I am satisfied.

JACK. [Very irritably.] How extremely kind of you, Lady Bracknell! I have also in my possession, you will be pleased to hear, certificates of Miss Cardew's birth, baptism, whooping cough, registration, vaccination, confirmation, and the measles; both the German and the English variety.

LADY BRACKNELL. Ah! A life crowded with incident, I see; though perhaps somewhat too exciting for a young girl. I am not myself in favour of premature experiences. [Rises, looks at her watch.] Gwendolen! the time approaches for our departure. We have not a

estadísticas han establecido para nuestra orientación. Creo que alguna indagación preliminar por mi parte no estaría fuera de lugar. Mr. Worthing, ¿está Miss Cardew relacionada de algún modo con alguna de las grandes estaciones de ferrocarril de Londres? Sólo deseo información. Hasta ayer no tenía ni idea de que hubiera familias o personas cuyo origen fuera la Estación Final. [**Jack** parece totalmente furioso, pero se contiene].

JACK. [Con voz clara y fría]. Miss Cardew es nieta del difunto Mr. Thomas Cardew, del 149 de Belgrave Square, S.W.; de Gervase Park, Dorking, Surrey; y de Sporran, Fifeshire, N.B.

LADY BRACKNELL. Eso no suena insatisfactorio. Tres direcciones siempre inspiran confianza, incluso en los comerciantes. Pero, ¿qué pruebas tengo de su autenticidad?

JACK. He conservado cuidadosamente las Guías de la Corte de la época. Están abiertas a su inspección, Lady Bracknell.

LADY BRACKNELL. [Con tono grave]. He conocido extraños errores en esa publicación.

JACK. Los abogados de la familia de Miss. Cardew son los Messrs. Markby, Markby y Markby.

LADY BRACKNELL. ¿Markby, Markby y Markby? Una firma de la más alta posición en su profesión. De hecho, me han dicho que uno de los Mr. Markby se deja ver ocasionalmente en las cenas. Hasta aquí estoy satisfecha.

JACK. [Muy irritado]. ¡Qué extremadamente amable de su parte, Lady Bracknell! También tengo en mi poder, le complacerá oírlo, certificados de nacimiento, bautismo, tos ferina, registro, vacunación, confirmación y sarampión de Miss Cardew; tanto de la variedad alemana como de la inglesa.

LADY BRACKNELL. ¡Ah! Una vida repleta de incidentes, por lo que veo; aunque quizá demasiado emocionante para una jovencita. Yo misma no soy partidaria de las experiencias prematuras. [Se levanta, mira su reloj]. ¡Gwendolen! Se acerca la hora de nuestra partida. No tenemos

moment to lose. As a matter of form, Mr. Worthing, I had better ask you if Miss Cardew has any little fortune?

Jack. Oh! about a hundred and thirty thousand pounds in the Funds. That is all. Goodbye, Lady Bracknell. So pleased to have seen you.

Lady Bracknell. [Sitting down again.] A moment, Mr. Worthing. A hundred and thirty thousand pounds! And in the Funds! Miss Cardew seems to me a most attractive young lady, now that I look at her. Few girls of the present day have any really solid qualities, any of the qualities that last, and improve with time. We live, I regret to say, in an age of surfaces. [To **Cecily**.] Come over here, dear. [**Cecily** goes across.] Pretty child! your dress is sadly simple, and your hair seems almost as Nature might have left it. But we can soon alter all that. A thoroughly experienced French maid produces a really marvellous result in a very brief space of time. I remember recommending one to young Lady Lancing, and after three months her own husband did not know her.

Jack. And after six months nobody knew her.

Lady Bracknell. [Glares at **Jack** for a few moments. Then bends, with a practised smile, to **Cecily**.] Kindly turn round, sweet child. [**Cecily** turns completely round.] No, the side view is what I want. [**Cecily** presents her profile.] Yes, quite as I expected. There are distinct social possibilities in your profile. The two weak points in our age are its want of principle and its want of profile. The chin a little higher, dear. Style largely depends on the way the chin is worn. They are worn very high, just at present. Algernon!

Algernon. Yes, Aunt Augusta!

Lady Bracknell. There are distinct social possibilities in Miss Cardew's profile.

Algernon. Cecily is the sweetest, dearest, prettiest girl in the whole world. And I don't care twopence about social possibilities.

Lady Bracknell. Never speak disrespectfully of Society, Algernon.

ni un momento que perder. Por una cuestión de forma, Mr. Worthing, será mejor que le pregunte si Miss Cardew tiene alguna pequeña fortuna.

Jack. ¡Oh! Unas ciento treinta mil libras en los Fondos. Eso es todo. Adiós, Lady Bracknell. Encantado de haberla visto.

Lady Bracknell. [Sentándose de nuevo]. Un momento, Mr. Worthing. ¡Ciento treinta mil libras! ¡Y en los Fondos! Miss Cardew me parece una joven muy atractiva, ahora que la miro bien. Pocas muchachas de hoy en día tienen alguna cualidad realmente sólida, alguna de las cualidades que perduran y mejoran con el tiempo. Vivimos, lamento decirlo, en una época de superficies. [A **Cecily**]. Ven aquí, querida. [**Cecily** cruza]. ¡Bonita niña! tu vestido es tristemente sencillo, y tu pelo parece casi como la Naturaleza podría haberlo dejado. Pero pronto podremos cambiar todo eso. Una criada francesa con mucha experiencia produce un resultado realmente maravilloso en muy poco tiempo. Recuerdo haber recomendado una a la joven Lady Lancing, y al cabo de tres meses su propio marido no la conocía.

Jack. Y después de seis meses nadie la conocía.

Lady Bracknell. [Mira fijamente a **Jack** por unos instantes. Luego se inclina, con una sonrisa falsa, hacia **Cecily**]. Gírate amablemente, dulce niña. [**Cecily** se gira completamente]. No, la vista lateral es lo que quiero. [**Cecily** presenta su perfil]. Sí, tal como esperaba. Hay claras posibilidades sociales en su perfil. Los dos puntos débiles de nuestra época son su falta de principios y su falta de perfil. La barbilla un poco más alta, querida. El estilo depende en gran medida de cómo se lleve la barbilla. En la actualidad se llevan muy altas. ¡Algernon!

Algernon. ¡Sí, tía Augusta!

Lady Bracknell. Hay claras posibilidades sociales en el perfil de Miss Cardew.

Algernon. Cecily es la muchacha más dulce, querida y bonita de todo el mundo. Y no me importan dos peniques las posibilidades sociales.

Lady Bracknell. Nunca hables irrespetuosamente de la sociedad, Alger-

Only people who can't get into it do that. [To **Cecily**.] Dear child, of course you know that Algernon has nothing but his debts to depend upon. But I do not approve of mercenary marriages. When I married Lord Bracknell I had no fortune of any kind. But I never dreamed for a moment of allowing that to stand in my way. Well, I suppose I must give my consent.

ALGERNON. Thank you, Aunt Augusta.

LADY BRACKNELL. Cecily, you may kiss me!

CECILY. [Kisses her.] Thank you, Lady Bracknell.

LADY BRACKNELL. You may also address me as Aunt Augusta for the future.

CECILY. Thank you, Aunt Augusta.

LADY BRACKNELL. The marriage, I think, had better take place quite soon.

ALGERNON. Thank you, Aunt Augusta.

CECILY. Thank you, Aunt Augusta.

LADY BRACKNELL. To speak frankly, I am not in favour of long engagements. They give people the opportunity of finding out each other's character before marriage, which I think is never advisable.

JACK. I beg your pardon for interrupting you, Lady Bracknell, but this engagement is quite out of the question. I am Miss Cardew's guardian, and she cannot marry without my consent until she comes of age. That consent I absolutely decline to give.

LADY BRACKNELL. Upon what grounds may I ask? Algernon is an extremely, I may almost say an ostentatiously, eligible young man. He has nothing, but he looks everything. What more can one desire?

JACK. It pains me very much to have to speak frankly to you, Lady

non. Sólo la gente que no puede entrar en ella hace eso. [A **Cecily**]. Querida niña, por supuesto que sabes que Algernon no tiene nada más que sus deudas para depender. Pero no apruebo los matrimonios mercenarios. Cuando me casé con Lord Bracknell yo no tenía fortuna de ningún tipo. Pero nunca soñé ni por un momento con permitir que eso se interpusiera en mi camino. Bueno, supongo que debo dar mi consentimiento.

ALGERNON. Gracias, tía Augusta.

LADY BRACKNELL. Cecily, ¡puedes besarme!

CECILY. [La besa]. Gracias, Lady Bracknell.

LADY BRACKNELL. También puedes dirigirte a mí como tía Augusta de ahora en más.

CECILY. Gracias, tía Augusta.

LADY BRACKNELL. Creo que será mejor que el matrimonio se celebre muy pronto.

ALGERNON. Gracias, tía Augusta.

CECILY. Gracias, tía Augusta.

LADY BRACKNELL. Para hablar con franqueza, no estoy a favor de los compromisos largos. Dan a la gente la oportunidad de conocer el carácter del otro antes del matrimonio, lo que creo que nunca es aconsejable.

JACK. Disculpe que la interrumpa, Lady Bracknell, pero este compromiso está fuera de lugar. Soy el tutor de Miss Cardew, y ella no puede casarse sin mi consentimiento hasta que sea mayor de edad. Ese consentimiento declino absolutamente darlo.

LADY BRACKNELL. ¿Puedo preguntarle en qué se basa? Algernon es un joven extremadamente, casi podría decir ostentosamente, elegible. No tiene nada, pero lo aparenta todo. ¿Qué más se puede desear?

JACK. Me duele mucho tener que hablarle con franqueza, Lady Brack-

Bracknell, about your nephew, but the fact is that I do not approve at all of his moral character. I suspect him of being untruthful. [**Algernon** and **Cecily** look at him in indignant amazement.]

Lady Bracknell. Untruthful! My nephew Algernon? Impossible! He is an Oxonian.

Jack. I fear there can be no possible doubt about the matter. This afternoon during my temporary absence in London on an important question of romance, he obtained admission to my house by means of the false pretence of being my brother. Under an assumed name he drank, I've just been informed by my butler, an entire pint bottle of my Perrier-Jouet, Brut, '89; wine I was specially reserving for myself. Continuing his disgraceful deception, he succeeded in the course of the afternoon in alienating the affections of my only ward. He subsequently stayed to tea, and devoured every single muffin. And what makes his conduct all the more heartless is, that he was perfectly well aware from the first that I have no brother, that I never had a brother, and that I don't intend to have a brother, not even of any kind. I distinctly told him so myself yesterday afternoon.

Lady Bracknell. Ahem! Mr. Worthing, after careful consideration I have decided entirely to overlook my nephew's conduct to you.

Jack. That is very generous of you, Lady Bracknell. My own decision, however, is unalterable. I decline to give my consent.

Lady Bracknell. [To **Cecily**.] Come here, sweet child. [**Cecily** goes over.] How old are you, dear?

Cecily. Well, I am really only eighteen, but I always admit to twenty when I go to evening parties.

Lady Bracknell. You are perfectly right in making some slight alteration. Indeed, no woman should ever be quite accurate about her age. It looks so calculating ... [In a meditative manner.] Eighteen, but admitting to twenty at evening parties. Well, it will not be very long before you are of age and free from the restraints of tutelage. So I don't think your guardian's consent is, after all, a matter of any

nell, sobre su sobrino, pero el hecho es que no apruebo en absoluto su carácter moral. Sospecho que no es sincero. [**Algernon** y **Cecily** le miran con indignado asombro].

Lady Bracknell. ¡Que no es sincero! ¿Mi sobrino Algernon? ¡Imposible! Estudión en Oxford.

Jack. Me temo que no puede haber duda posible sobre el asunto. Esta tarde, durante mi ausencia temporal en Londres por una importante cuestión romántica, consiguió ser admitido en mi casa mediante el falso pretexto de ser mi hermano. Bajo un nombre falso se bebió, según me acaba de informar mi mayordomo, una botella entera de mi Perrier-Jouet, Brut, del '89; vino que yo reservaba especialmente para mí. Continuando con su vergonzoso engaño, consiguió en el transcurso de la tarde enajenar el afecto de mi única pupila. Posteriormente se quedó a tomar el té y devoró todos los muffins. Y lo que hace que su conducta sea aún más despiadada es que él sabía perfectamente desde el principio que yo no tengo hermano, que nunca lo he tenido y que no tengo intención de tenerlo, ni siquiera de ningún tipo. Yo mismo se lo dije claramente ayer por la tarde.

Lady Bracknell. ¡Ejem! Mr. Worthing, después de considerarlo detenidamente he decidido pasar por alto por completo la conducta de mi sobrino hacia usted.

Jack. Es muy generoso por su parte, Lady Bracknell. Mi decisión, sin embargo, es inalterable. Declino dar mi consentimiento.

Lady Bracknell. [A **Cecily**]. Ven aquí, dulce niña. [**Cecily** se acerca]. ¿Cuántos años tienes, querida?

Cecily. Bueno, en realidad sólo tengo dieciocho años, pero siempre admito tener veinte cuando voy a fiestas por la tarde.

Lady Bracknell. Tienes toda la razón al hacer alguna ligera alteración. De hecho, ninguna mujer debería ser del todo exacta sobre su edad. Parece tan calculador... [De forma meditativa]. Dieciocho, pero admite los veinte en las fiestas por la tarde. Bueno, no pasará mucho tiempo antes de que seas mayor de edad y estés libre de las ataduras de la tutela. Así que no creo que el consentimiento de su tutor sea, después

importance.

Jack. Pray excuse me, Lady Bracknell, for interrupting you again, but it is only fair to tell you that according to the terms of her grandfather's will Miss Cardew does not come legally of age till she is thirty-five.

Lady Bracknell. That does not seem to me to be a grave objection. Thirty-five is a very attractive age. London society is full of women of the very highest birth who have, of their own free choice, remained thirty-five for years. Lady Dumbleton is an instance in point. To my own knowledge she has been thirty-five ever since she arrived at the age of forty, which was many years ago now. I see no reason why our dear Cecily should not be even still more attractive at the age you mention than she is at present. There will be a large accumulation of property.

Cecily. Algy, could you wait for me till I was thirty-five?

Algernon. Of course I could, Cecily. You know I could.

Cecily. Yes, I felt it instinctively, but I couldn't wait all that time. I hate waiting even five minutes for anybody. It always makes me rather cross. I am not punctual myself, I know, but I do like punctuality in others, and waiting, even to be married, is quite out of the question.

Algernon. Then what is to be done, Cecily?

Cecily. I don't know, Mr. Moncrieff.

Lady Bracknell. My dear Mr. Worthing, as Miss Cardew states positively that she cannot wait till she is thirty-five—a remark which I am bound to say seems to me to show a somewhat impatient nature—I would beg of you to reconsider your decision.

Jack. But my dear Lady Bracknell, the matter is entirely in your own hands. The moment you consent to my marriage with Gwendolen, I will most gladly allow your nephew to form an alliance with my

de todo, un asunto de importancia.

JACK. Le ruego que me disculpe, Lady Bracknell, por interrumpirla de nuevo, pero es justo decirle que, según los términos del testamento de su abuelo, Miss Cardew no alcanza la mayoría de edad legal hasta los treinta y cinco años.

LADY BRACKNELL. No me parece una objeción grave. Treinta y cinco es una edad muy atractiva. La sociedad londinense está llena de mujeres de la más alta cuna que, por propia elección, han permanecido treinta y cinco años. Lady Dumbleton es un ejemplo de ello. Que yo sepa, ha tenido treinta y cinco años desde que llegó a los cuarenta, hace ya muchos años. No veo razón alguna para que nuestra querida Cecily no sea aún más atractiva a la edad que usted menciona de lo que es en la actualidad. Habrá una gran acumulación de bienes.

CECILY. Algy, ¿podrías esperarme hasta los treinta y cinco?

ALGERNON. Claro que podría, Cecily. Sabes que podría.

CECILY. Sí, lo sentí instintivamente, pero no puedo esperar todo ese tiempo. Odio esperar incluso cinco minutos por alguien. Siempre me pone de mal humor. Yo misma no soy puntual, lo sé, pero me gusta la puntualidad en los demás, y esperar, incluso para casarse, está fuera de lugar.

ALGERNON. Entonces, ¿qué hay que hacer, Cecily?

CECILY. No lo sé, Mr. Moncrieff.

LADY BRACKNELL. Mi querido Mr. Worthing, dado que Miss Cardew afirma rotundamente que no puede esperar hasta los treinta y cinco años —una observación que, me veo obligado a decir, me parece que demuestra una naturaleza un tanto impaciente— le rogaría que reconsiderara su decisión.

JACK. Pero mi querida Lady Bracknell, el asunto está enteramente en sus manos. En el momento en que consienta mi matrimonio con Gwendolen, con mucho gusto permitiré que su sobrino forme una alianza

ward.

LADY BRACKNELL. [Rising and drawing herself up.] You must be quite aware that what you propose is out of the question.

JACK. Then a passionate celibacy is all that any of us can look forward to.

LADY BRACKNELL. That is not the destiny I propose for Gwendolen. Algernon, of course, can choose for himself. [Pulls out her watch.] Come, dear, [**Gwendolen** rises] we have already missed five, if not six, trains. To miss any more might expose us to comment on the platform.

[Enter **Dr.Chasuble**.]

CHASUBLE. Everything is quite ready for the christenings.

LADY BRACKNELL. The christenings, sir! Is not that somewhat premature?

CHASUBLE. [Looking rather puzzled, and pointing to **Jack** and **Algernon**.] Both these gentlemen have expressed a desire for immediate baptism.

LADY BRACKNELL. At their age? The idea is grotesque and irreligious! Algernon, I forbid you to be baptized. I will not hear of such excesses. Lord Bracknell would be highly displeased if he learned that that was the way in which you wasted your time and money.

CHASUBLE. Am I to understand then that there are to be no christenings at all this afternoon?

JACK. I don't think that, as things are now, it would be of much practical value to either of us, Dr. Chasuble.

CHASUBLE. I am grieved to hear such sentiments from you, Mr. Worthing. They savour of the heretical views of the Anabaptists, views that I have completely refuted in four of my unpublished sermons. However, as your present mood seems to be one peculiarly sec-

con mi pupila.

LADY BRACKNELL. [Levantándose y poniéndose en pie.] Debe ser muy consciente de que lo que propone está fuera de lugar.

JACK. Entonces un celibato apasionado es todo lo que cualquiera de nosotros puede esperar.

LADY BRACKNELL. Ese no es el destino que propongo para Gwendolen. Algernon, por supuesto, puede elegir por sí mismo. [Saca su reloj]. Vamos, querida, [**Gwendolen** se levanta] ya hemos perdido cinco, si no seis, trenes. Perder alguno más podría exponernos a comentarios en el andén.

[Entra el **Dr. Chasuble**].

CHASUBLE. Todo está listo para los bautismos.

LADY BRACKNELL. ¡Los bautismos, señor! ¿No es algo prematuro?

CHASUBLE. [Mirando algo desconcertado y señalando a **Jack** y a **Algernon**]. Ambos caballeros han expresado su deseo de bautizarse inmediatamente.

LADY BRACKNELL. ¿A su edad? ¡La idea es grotesca e irreligiosa! Algernon, te prohíbo que te bautices. No escucharé tales excesos. Lord Bracknell se disgustaría mucho si supiera que ésa es la forma en que malgastas tu tiempo y tu dinero.

CHASUBLE. ¿Debo entender entonces que no habrá ningún bautismo esta tarde?

JACK. No creo que, tal y como están las cosas ahora, tenga mucho valor práctico para ninguno de los dos, Dr. Chasuble.

CHASUBLE. Me apena oír tales sentimientos viniendo de usted, Mr. Worthing. Saben a las opiniones heréticas de los anabaptistas, opiniones que he refutado completamente en cuatro de mis sermones inéditos. Sin embargo, como su estado de ánimo actual parece ser uno pecu-

ular, I will return to the church at once. Indeed, I have just been informed by the pew-opener that for the last hour and a half Miss Prism has been waiting for me in the vestry.

LADY BRACKNELL. [Starting.] Miss Prism! Did I hear you mention a Miss Prism?

CHASUBLE. Yes, Lady Bracknell. I am on my way to join her.

LADY BRACKNELL. Pray allow me to detain you for a moment. This matter may prove to be one of vital importance to Lord Bracknell and myself. Is this Miss Prism a female of repellent aspect, remotely connected with education?

CHASUBLE. [Somewhat indignantly.] She is the most cultivated of ladies, and the very picture of respectability.

LADY BRACKNELL. It is obviously the same person. May I ask what position she holds in your household?

CHASUBLE. [Severely.] I am a celibate, madam.

JACK. [Interposing.] Miss Prism, Lady Bracknell, has been for the last three years Miss Cardew's esteemed governess and valued companion.

LADY BRACKNELL. In spite of what I hear of her, I must see her at once. Let her be sent for.

CHASUBLE. [Looking off.] She approaches; she is nigh.

[Enter **Miss Prism** hurriedly.]

MISS PRISM. I was told you expected me in the vestry, dear Canon. I have been waiting for you there for an hour and three-quarters. [Catches sight of **Lady Bracknell**, who has fixed her with a stony glare. **Miss Prism** grows pale and quails. She looks anxiously round as if desirous to escape.]

liarmente secular, volveré a la iglesia de inmediato. De hecho, acabo de ser informado por la persona que abre los bancos de la iglesia de que durante la última hora y media Miss Prism me ha estado esperando en la sacristía.

Lady Bracknell. [¡Miss Prism! ¿Le he oído mencionar a una tal Miss Prism?

Chasuble. Sí, Lady Bracknell. Voy de camino a reunirme con ella.

Lady Bracknell. Le ruego me permita detenerle un momento. Este asunto puede resultar de vital importancia para Lord Bracknell y para mí. ¿Es esta Miss Prism una mujer de aspecto repelente, vagamente relacionada con la educación?

Chasuble. [Algo indignado]. Es la más cultivada de las damas y la imagen misma de la respetabilidad.

Lady Bracknell. Evidentemente se trata de la misma persona. ¿Puedo preguntarle qué cargo ocupa ella en su hogar?

Chasuble. [Severamente]. Soy célibe, señora.

Jack. [Interponiéndose]. Miss Prism, Lady Bracknell, ha sido durante los últimos tres años la estimada institutriz y valiosa compañera de Miss Cardew.

Lady Bracknell. A pesar de lo que oigo de ella, debo verla de inmediato. Que la manden llamar.

Chasuble. [Mirando por la ventana]. Ella está viniendo; está cerca.

[Entra **Miss Prism** apresuradamente].

Miss Prism. Me dijeron que me esperaba en la sacristía, querido Canónigo. Llevo esperándole allí una hora y tres cuartos. [Ve de reojo a **Lady Bracknell**, que la ha clavado una mirada pétrea. **Miss Prism** palidece y se estremece. Mira ansiosamente a su alrededor, deseosa de escapar].

LADY BRACKNELL. [In a severe, judicial voice.] Prism! [**Miss Prism** bows her head in shame.] Come here, Prism! [**Miss Prism** approaches in a humble manner.] Prism! Where is that baby? [General consternation. The **Canon** starts back in horror. **Algernon** and **Jack** pretend to be anxious to shield **Cecily** and **Gwendolen** from hearing the details of a terrible public scandal.] Twenty-eight years ago, Prism, you left Lord Bracknell's house, Number 104, Upper Grosvenor Street, in charge of a perambulator that contained a baby of the male sex. You never returned. A few weeks later, through the elaborate investigations of the Metropolitan police, the perambulator was discovered at midnight, standing by itself in a remote corner of Bayswater. It contained the manuscript of a three-volume novel of more than usually revolting sentimentality. [**Miss Prism** starts in involuntary indignation.] But the baby was not there! [Every one looks at **Miss Prism**.] Prism! Where is that baby? [A pause.]

MISS PRISM. Lady Bracknell, I admit with shame that I do not know. I only wish I did. The plain facts of the case are these. On the morning of the day you mention, a day that is for ever branded on my memory, I prepared as usual to take the baby out in its perambulator. I had also with me a somewhat old, but capacious hand-bag in which I had intended to place the manuscript of a work of fiction that I had written during my few unoccupied hours. In a moment of mental abstraction, for which I never can forgive myself, I deposited the manuscript in the basinette, and placed the baby in the hand-bag.

JACK. [Who has been listening attentively.] But where did you deposit the hand-bag?

MISS PRISM. Do not ask me, Mr. Worthing.

JACK. Miss Prism, this is a matter of no small importance to me. I insist on knowing where you deposited the hand-bag that contained that infant.

MISS PRISM. I left it in the cloak-room of one of the larger railway stations in London.

LADY BRACKNELL. [Con voz severa y dando órdenes]. ¡Prism! [**Miss Prism** agacha la cabeza avergonzada.] ¡Venga aquí, Prism! [**Miss Prism** se acerca humildemente]. ¡Prism! ¿Dónde está el bebé? [Consternación general. El **Canónigo** retrocede horrorizado. **Algernon** y **Jack** fingen estar ansiosos por proteger a **Cecily** y **Gwendolen** de escuchar los detalles de un terrible escándalo público]. Hace veintiocho años, Prism, usted dejó la casa de Lord Bracknell, número 104, Upper Grosvenor Street, a cargo de un cochecito que contenía un bebé de sexo masculino. Usted nunca regresó. Unas semanas más tarde, gracias a las elaboradas investigaciones de la policía metropolitana, el cochecito fue descubierto a medianoche, parado en un rincón apartado de Bayswater. Contenía el manuscrito de una novela en tres volúmenes de un sentimentalismo más que habitualmente repugnante. [**Miss Prism** se sobresalta con involuntaria indignación]. ¡Pero el bebé no estaba allí! [Todos miran a **Miss Prism**]. ¡Prism! ¿Dónde está ese bebé? [Una pausa].

MISS PRISM. Lady Bracknell, admito con vergüenza que no lo sé. ¡Cuánto desearía saberlo! Los simples hechos del caso son éstos. La mañana del día que usted menciona, un día que está marcado para siempre en mi memoria, me preparé como de costumbre para sacar al bebé en su cochecito. También llevaba conmigo un bolso de mano algo viejo, pero de gran capacidad, en el que tenía la intención de colocar el manuscrito de una obra de ficción que había escrito durante mis pocas horas desocupadas. En un momento de abstracción mental, que nunca podré perdonarme, deposité el manuscrito en el cochecito y metí al bebé en el bolso de mano.

JACK. [Que ha estado escuchando atentamente]. ¿Pero... dónde depositó el bolso de mano?

MISS PRISM. No me pregunte, Mr. Worthing.

JACK. Miss Prisma, este es un asunto de no poca importancia para mí. Insisto en saber dónde depositó el bolso de mano que contenía a ese bebé.

MISS PRISM. La dejé en el guardarropa de una de las estaciones de tren más grandes de Londres.

JACK. What railway station?

MISS PRISM. [Quite crushed.] Victoria. The Brighton line. [Sinks into a chair.]

JACK. I must retire to my room for a moment. Gwendolen, wait here for me.

GWENDOLEN. If you are not too long, I will wait here for you all my life. [Exit **Jack** in great excitement.]

CHASUBLE. What do you think this means, Lady Bracknell?

LADY BRACKNELL. I dare not even suspect, Dr. Chasuble. I need hardly tell you that in families of high position strange coincidences are not supposed to occur. They are hardly considered the thing.

[Noises heard overhead as if some one was throwing trunks about. Every one looks up.]

CECILY. Uncle Jack seems strangely agitated.

CHASUBLE. Your guardian has a very emotional nature.

LADY BRACKNELL. This noise is extremely unpleasant. It sounds as if he was having an argument. I dislike arguments of any kind. They are always vulgar, and often convincing.

CHASUBLE. [Looking up.] It has stopped now. [The noise is redoubled.]

LADY BRACKNELL. I wish he would arrive at some conclusion.

GWENDOLEN. This suspense is terrible. I hope it will last. [Enter **Jack** with a hand-bag of black leather in his hand.]

JACK. [Rushing over to **Miss Prism**.] Is this the hand-bag, Miss Prism? Examine it carefully before you speak. The happiness of more than one life depends on your answer.

MISS PRISM. [Calmly.] It seems to be mine. Yes, here is the injury it re-

Jack. ¿Qué estación de tren?

Miss Prism. [Abatida]. Victoria. La línea que va a Brighton. [Se hunde en una silla].

Jack. Debo retirarme a mi habitación por un momento. Gwendolen, espérame aquí.

Gwendolen. Si no tardas mucho, te esperaré aquí toda mi vida. [Sale **Jack** muy excitado].

Chasuble. ¿Qué cree que significa esto, Lady Bracknell?

Lady Bracknell. Ni siquiera me atrevo a sospechar, Dr. Chasuble. No hace falta que le diga que en las familias de alta posición no se supone que ocurran extrañas coincidencias. Apenas se consideran como tal.

[Se oyen ruidos en lo alto como si alguien estuviera tirando baúles. Todos miran hacia arriba].

Cecily. El tío Jack parece extrañamente agitado.

Chasuble. Su tutor tiene una naturaleza muy emocional.

Lady Bracknell. Este ruido es extremadamente desagradable. Suena como si estuviera discutiendo. Me disgustan las discusiones de cualquier tipo. Siempre son vulgares, y a menudo convincentes.

Chasuble. [Mirando hacia arriba]. Ya ha parado. [El ruido se reanuda].

Lady Bracknell. Ojalá llegara a alguna conclusión.

Gwendolen. Este suspense es terrible. Espero que dure. [Entra **Jack** con un bolso de cuero negro en la mano].

Jack. [Se acerca corriendo hacia Miss Prism]. ¿Es éste el bolso de mano, Miss Prism? Examínelo cuidadosamente antes de hablar. La felicidad de más de una vida depende de su respuesta.

Miss Prism. [Con calma]. Parece ser mío. Sí, aquí está la herida que reci-

ceived through the upsetting of a Gower Street omnibus in younger and happier days. Here is the stain on the lining caused by the explosion of a temperance beverage, an incident that occurred at Leamington. And here, on the lock, are my initials. I had forgotten that in an extravagant mood I had had them placed there. The bag is undoubtedly mine. I am delighted to have it so unexpectedly restored to me. It has been a great inconvenience being without it all these years.

JACK. [In a pathetic voice.] Miss Prism, more is restored to you than this hand-bag. I was the baby you placed in it.

MISS PRISM. [Amazed.] You?

JACK. [Embracing her.] Yes ... mother!

MISS PRISM. [Recoiling in indignant astonishment.] Mr. Worthing! I am unmarried!

JACK. Unmarried! I do not deny that is a serious blow. But after all, who has the right to cast a stone against one who has suffered? Cannot repentance wipe out an act of folly? Why should there be one law for men, and another for women? Mother, I forgive you. [Tries to embrace her again.]

MISS PRISM. [Still more indignant.] Mr. Worthing, there is some error. [Pointing to **Lady Bracknell**.] There is the lady who can tell you who you really are.

JACK. [After a pause.] Lady Bracknell, I hate to seem inquisitive, but would you kindly inform me who I am?

LADY BRACKNELL. I am afraid that the news I have to give you will not altogether please you. You are the son of my poor sister, Mrs. Moncrieff, and consequently Algernon's elder brother.

JACK. Algy's elder brother! Then I have a brother after all. I knew I had a brother! I always said I had a brother! Cecily,—how could you have ever doubted that I had a brother? [Seizes hold of **Algernon**.] Dr. Chasuble, my unfortunate brother. Miss Prism, my unfortu-

bió por el vuelco de un ómnibus de Gower Street en días más jóvenes y felices. Aquí está la mancha en el forro causada por la explosión de una bebida antialcohólica, un incidente que ocurrió en Leamington. Y aquí, en la cerradura, están mis iniciales. Había olvidado que en un arrebato de extravagancia las había hecho colocar allí. El bolso es indudablemente mío. Estoy encantada de que me lo hayan devuelto tan inesperadamente. Ha sido un gran inconveniente estar sin él todos estos años.

JACK. [Con voz patética]. Miss Prism, se le devuelve más que este bolso de mano. Yo era el bebé que usted colocó en ella.

MISS PRISM. [Asombrada]. ¿Usted?

JACK. [Abrazándola]. ¡Sí... madre!

MISS PRISM. [Retrocediendo indignada]. ¡Mr. Worthing! ¡Soy soltera!

JACK. ¡Soltera! No niego que sea un duro golpe. Pero después de todo, ¿quién tiene derecho a arrojar una piedra contra alguien que ha sufrido? ¿No puede el arrepentimiento borrar un acto de insensatez? ¿Por qué debe haber una ley para los hombres y otra para las mujeres? Madre, te perdono. [Intenta abrazarla de nuevo].

MISS PRISM. [Aún más indignada]. Mr. Worthing, hay un error. [Señalando a **Lady Bracknell**]. Ella es la dama que puede decirle quién es usted realmente.

JACK. [Tras una pausa]. Lady Bracknell, odio parecer inquisitivo, pero ¿sería tan amable de informarme quién soy?

LADY BRACKNELL. Me temo que las noticias que tengo que darle no le agradarán del todo. Usted es el hijo de mi pobre hermana, Mrs. Moncrieff, y por consiguiente el hermano mayor de Algernon.

JACK. ¡El hermano mayor de Algy! Entonces tengo un hermano después de todo. ¡Sabía que tenía un hermano! ¡Siempre dije que tenía un hermano! Cecily... ¿cómo pudiste dudar alguna vez de que tenía un hermano? [Toma a **Algernon**]. Dr. Chasuble, mi desafortunado hermano.

nate brother. Gwendolen, my unfortunate brother. Algy, you young scoundrel, you will have to treat me with more respect in the future. You have never behaved to me like a brother in all your life.

ALGERNON. Well, not till to-day, old boy, I admit. I did my best, however, though I was out of practice.

[Shakes hands.]

GWENDOLEN. [To **Jack**.] My own! But what own are you? What is your Christian name, now that you have become some one else?

JACK. Good heavens! ... I had quite forgotten that point. Your decision on the subject of my name is irrevocable, I suppose?

GWENDOLEN. I never change, except in my affections.

CECILY. What a noble nature you have, Gwendolen!

JACK. Then the question had better be cleared up at once. Aunt Augusta, a moment. At the time when Miss Prism left me in the hand-bag, had I been christened already?

LADY BRACKNELL. Every luxury that money could buy, including christening, had been lavished on you by your fond and doting parents.

JACK. Then I was christened! That is settled. Now, what name was I given? Let me know the worst.

LADY BRACKNELL. Being the eldest son you were naturally christened after your father.

JACK. [Irritably.] Yes, but what was my father's Christian name?

LADY BRACKNELL. [Meditatively.] I cannot at the present moment recall what the General's Christian name was. But I have no doubt he had one. He was eccentric, I admit. But only in later years. And that was the result of the Indian climate, and marriage, and indigestion, and

Miss Prism, mi desafortunado hermano. Gwendolen, mi desafortunado hermano. Algy, joven canalla, tendrás que tratarme con más respeto en el futuro. Nunca te has comportado conmigo como un hermano en toda tu vida.

Algernon. Bueno, no hasta hoy, viejo amigo, lo admito. Hice lo que pude, sin embargo, aunque estaba falto de práctica.

[Se dan la mano.]

Gwendolen. [A **Jack**]. ¡Mi dueño! ¿Pero quién eres? ¿Cuál es tu nombre de pila, ahora que te has convertido en otro?

Jack. ¡Santo cielo! ... Había olvidado por completo ese punto. Tu decisión sobre el tema de mi nombre es irrevocable, supongo.

Gwendolen. Nunca cambio, excepto en mis afectos.

Cecily. ¡Qué naturaleza tan noble tienes, Gwendolen!

Jack. Entonces será mejor aclarar la cuestión de una vez. Tía Augusta, un momento. Cuando Miss Prism me dejó en el bolso de mano, ¿ya me habían bautizado?

Lady Bracknell. Todos los lujos que el dinero podía comprar, incluido el bautismo, te habían sido prodigados por tus cariñosos y mimosos padres.

Jack. Entonces me bautizaron. Eso está decidido. Ahora, ¿qué nombre me dieron? Dígame lo peor.

Lady Bracknell. Siendo el hijo mayor fue naturalmente bautizado como su padre.

Jack. [Irritado]. Sí, pero ¿cuál era el nombre de pila de mi padre?

Lady Bracknell. [Meditativamente]. En este momento no puedo recordar cuál era el nombre de pila del General. Pero no me cabe duda de que tenía uno. Era excéntrico, lo admito. Pero sólo en los últimos años. Y eso fue el resultado del clima indio, y el matrimonio, y la indigestión,

other things of that kind.

JACK. Algy! Can't you recollect what our father's Christian name was?

ALGERNON. My dear boy, we were never even on speaking terms. He died before I was a year old.

JACK. His name would appear in the Army Lists of the period, I suppose, Aunt Augusta?

LADY BRACKNELL. The General was essentially a man of peace, except in his domestic life. But I have no doubt his name would appear in any military directory.

JACK. The Army Lists of the last forty years are here. These delightful records should have been my constant study. [Rushes to bookcase and tears the books out.] M. Generals ... Mallam, Maxbohm, Magley, what ghastly names they have—Markby, Migsby, Mobbs, Moncrieff! Lieutenant 1840, Captain, Lieutenant-Colonel, Colonel, General 1869, Christian names, Ernest John. [Puts book very quietly down and speaks quite calmly.] I always told you, Gwendolen, my name was Ernest, didn't I? Well, it is Ernest after all. I mean it naturally is Ernest.

LADY BRACKNELL. Yes, I remember now that the General was called Ernest, I knew I had some particular reason for disliking the name.

GWENDOLEN. Ernest! My own Ernest! I felt from the first that you could have no other name!

JACK. Gwendolen, it is a terrible thing for a man to find out suddenly that all his life he has been speaking nothing but the truth. Can you forgive me?

GWENDOLEN. I can. For I feel that you are sure to change.

JACK. My own one!

CHASUBLE. [To **Miss Prism**.] Lætitia! [Embraces her]

y otras cosas por el estilo.

Jack. ¡Algy! ¿No recuerdas cuál era el nombre de pila de nuestro padre?

Algernon. Mi querido muchacho, nunca nos hablamos. Murió antes de que yo cumpliera un año.

Jack. Supongo que su nombre aparecería en las listas del ejército de la época, tía Augusta.

Lady Bracknell. El General era esencialmente un hombre de paz, excepto en su vida doméstica. Pero no dudo de que su nombre aparecería en cualquier directorio militar.

Jack. Las listas del ejército de los últimos cuarenta años están aquí. Estos deliciosos registros deberían haber sido mi estudio constante. [Corre a la estantería y tira de los libros]. M. Generales... Mallam, Maxbohm, Magley, qué nombres tan espantosos tienen... Markby, Migsby, Mobbs, !Moncrieff! Teniente 1840, Capitán, Teniente-Coronel, Coronel, General 1869, nombres cristianos, Ernest John. [Deja el libro muy tranquilamente y habla con toda calma]. Siempre te dije, Gwendolen, que me llamaba Ernest, ¿verdad? Bueno, después de todo es Ernest. Quiero decir que, naturalmente, es Ernest.

Lady Bracknell. Sí, ahora recuerdo que el General se llamaba Ernest, sabía que tenía alguna razón particular para que no me gustara ese nombre.

Gwendolen. ¡Ernest! ¡Ernest, mi dueño! ¡Sentí desde el primer momento que no podías tener otro nombre!

Jack. Gwendolen, es terrible para un hombre descubrir de repente que toda su vida no ha dicho más que la verdad. ¿Puedes perdonarme?

Gwendolen. Puedo hacerlo. Porque siento que estás seguro de cambiar.

Jack. ¡Mi dueña!

Chasuble. [A **Miss Prism**]. ¡Lætitia! [La abraza].

Miss Prism. [Enthusiastically.] Frederick! At last!

Algernon. Cecily! [Embraces her.] At last!

Jack. Gwendolen! [Embraces her.] At last!

Lady Bracknell. My nephew, you seem to be displaying signs of triviality.

Jack. On the contrary, Aunt Augusta, I've now realised for the first time in my life the vital Importance of Being Earnest.

TABLEAU

Miss Prism. [Con entusiasmo]. ¡Frederick! ¡Por fin!

Algernon. ¡Cecily! [La abraza]. ¡Por fin!

Jack. ¡Gwendolen! [La abraza]. ¡Por fin!

Lady Bracknell. Sobrino mío, pareces mostrar signos de trivialidad.

Jack. Al contrario, tía Augusta, ahora me he dado cuenta por primera vez en mi vida de la vital importancia de ser serio de verdad.

TELÓN

Rosetta Edu

CLÁSICOS EN ESPAÑOL

Esperamos que haya disfrutado esta lectura. ¿Quiere leer otra obra de nuestra colección de *Clásicos en español*?

En nuestro Club del Libro encontrarás artículos relacionados con los libros que publicamos y la literatura en general. ¡Suscríbete en nuestra página web y te ofrecemos un ebook gratis por mes!

Recibe tu copia totalmente gratuita de nuestro *Club del libro* en rosettaedu.com/pages/club-del-libro

Rosetta Edu

CLÁSICOS EN ESPAÑOL

Una habitación propia se estableció desde su publicación como uno de los libros fundamentales del feminismo. Basado en dos conferencias pronunciadas por Virginia Woolf en colleges para mujeres y ampliado luego por la autora, el texto es un testamento visionario, donde tópicos característicos del feminismo por casi un siglo son expuestos con claridad tal vez por primera vez.

Oscar Wilde escribe una sola novela, *El retrato de Dorian Gray*; ésta fue el objeto de una crítica moralizante mordaz por parte de sus contemporáneos que no pudieron ver que dentro de una trama perfectamente compuesta se escondía toda la tragedia del romanticismo. Cien años después no ha perdido su impacto original y sigue siendo un texto fundamental para los debates sobre la estética y la moral.

Otra vuelta de tuerca es una de las novelas de terror más difundidas en la literatura universal y cuenta una historia absorbente, siguiendo a una institutriz a cargo de dos niños en una gran mansión en la campiña inglesa que parece estar embrujada. Los detalles de la descripción y la narración en primera persona van conformando un mundo que puede inspirar genuino terror.

rosettaedu.com

Rosetta Edu

EDICIONES BILINGÜES

En una atmósfera constante de misterio y amenaza, *El corazón de las tinieblas* narra el peligroso viaje de Marlow por un río (sin duda el Congo aunque no es nombrado en el relato) africano. Lo que el marino puede observar en su viaje le horroriza, le deja perplejo, y pone en tela de juicio las bases mismas de la civilización y la naturaleza humana.

Durante décadas, y acercándose a su centenario, *El gran Gatsby* ha sido considerada una obra maestra de la literatura y candidata al título de «Gran novela americana» por su dominio al mostrar la pura identidad americana junto a un estilo distinto y maduro. La edición bilingüe permite apreciar los detalles del texto original y constituye un paso obligado para aprender el inglés en profundidad.

En *La señora Dalloway* Virginia Woolf relata un día en la vida de Clarissa Dalloway, una señora de la clase alta casada con un miembro del parlamento inglés, y de un ex-combatiente que lucha contra su enfermedad mental. La innovación de la novela es la corriente de consciencia: Woolf sigue el pensamiento de cada personaje, siendo excelente a la hora de narrar emociones, asociaciones y sentimientos.

rosettaedu.com

www.ingramcontent.com/pod-product-compliance
Lightning Source LLC
Chambersburg PA
CBHW030958210726
48290CB00007B/2369